講談社文庫

戦国快盗 嵐丸

朝倉家をカモれ

山本巧次

講談社

戦国快盗　嵐丸

朝倉家をカモれ

一

　山が次第に近付いて来ると、それまで割合にゆったりした流れだった足羽川《あすわがわ》が、右に大きく曲がった。その曲がった先、舟の行く手の右側の岸に、船着き場の石積みがあるのが遠目に見えた。

「あれが阿波賀《あばか》の川湊《かわみなと》かね」

　舟の中ほどで、醬油樽に前後を挟まれた窮屈な格好で座っていた嵐丸《らんまる》は、先を指差して船頭に声を掛けた。後ろで櫂《かい》を操っていた船頭が、「そうじゃ」と応じる。

「へええ。初めて来たが、噂《うわさ》通りの賑《にぎ》わいだな」

　嵐丸は湊の方に目を凝らした。船着き場の後ろには街道が通じ、そこに沿って何軒もの蔵や商家が建ち並んでいる。街道は行き交う人や荷車で、混み合っている様子だ。

「さすがは、京より北で最も栄えているという、一乗谷《いちじょうだに》の玄関口だ」

嵐丸が付け加えると、船頭は気を良くしたようで、赤銅色に焼けた顔に深く刻まれた皺《しわ》を寄せ、笑みを浮かべた。

「そりゃあ、天下に聞こえた朝倉《あさくら》様のご城下じゃで。あんたは遠州《えんしゅう》から来なさったと言うたが、あっちにもこれだけの町はなかろうて」

「おお、確かにな。遠州だけでなく、駿府《すんぷ》にも勝るとも劣るまい」

遠州気賀湊《けがみなと》の商人、という度々使っている仮の姿を装った嵐丸は、いかにも感心した風に近付いて来る阿波賀の町並みを見つめた。世辞ではない。川湊であるのに、浜名《はまな》の湖《うみ》に面した気賀と同じほどの繁栄ぶりだ。これは思ったより稼げるかもしれない、と嵐丸は胸の内でにんまりした。


嵐丸の生業《なりわい》は、盗人《ぬすっと》である。かつては盗賊の一味に加わっていたが、親方が討たれて一味が散り散りになってからは、ずっと一人で仕事をしている。お宝があると思えば、どこへでも出かける。ついこの前は、駿府の今川家《いまがわ》を狙った。いろいろあって、最後に今川館にまで入り込んだのだが、結局さしたるお宝は持ち出せなかった。嵐丸は一旦駿府に見切りをつけ、次の狙いを一乗谷に向けたのである。

船頭には初めて来ると言ったが、正しくは違う。一味に加わっていた頃、一度だけ来たことがあった。その頃はまだ半分子供だったので、やったのは見張りくらいだが、思ったより朝倉家中は守りが堅く、ろくに稼ぎもないまま逃げ出す羽目になった。いつか一人前になったら改めて来よう、と思っていたのだが、今がその機会であった。

船着き場に舟が舫《もや》われると、嵐丸は船頭に酒手《さかて》を渡して岸に上がった。積み荷の醤油樽を運ぶため駆け寄る人足たちを避けながら、街道に出る。道には石が敷き詰められ、雨でもぬかるみにならないよう、きっちり固めてあった。これなら重い荷車も楽に通れる、と嵐丸はまた感心した。

少し行くと、石垣が現れた。街道には城門のような大木戸がある。これが下城戸《しもきど》だ、と嵐丸は記憶を辿《たど》りながら辺りを見回した。木戸は開かれ、十人ほどの兵が守りに配されているが、通行を遮《さえぎ》るようなことはなかった。城下への出入りは自由、というわけだ。

下城戸を抜けると、城下の町に入る。ここから半里ほど先にある上《かみ》城戸までの間が、「城戸ノ内」と称される一乗谷の中心であり、万を超える人々が暮らしているという。道は谷の中央を流れる一乗谷川に沿って南に延び、両側には武家屋敷や寺院、町屋がびっしり連なっている。川の東側には、朝倉家の当主が住まう朝倉館が威容を見せていた。その後ろの山には、詰城《つめのしろ》なのであろう一乗谷城という山城があるはずだが、町からは見えない。代わりに、谷を囲む山の峰に翻《ひるがえ》っている幟《のぼり》が人の目を引く。幾つもの砦《とりで》が築いてあるのだ。上下の城戸を閉め切り、山城に籠《こも》れば、この谷は難攻不落と化す、というわけだ。

嵐丸は最初に見つけた宿屋に入り、背負って来た荷物を下ろした。中には反物などが入っているが、商人を装うための小道具である。もっとも、買いたいという客がいれば、ちゃんと売るつもりだ。

北ノ庄《きたしょう》からゆっくり舟で来ることができたので、今日はさして疲れてはいない。嵐丸は宿を出て、町歩きを始めた。言うまでもなく、仕事の下見である。

道沿いには、米屋、酒屋、油屋などの商家に加え、研ぎ師、鍛冶屋、鋳物師《いものし》、檜皮《ひわだ》で曲げ物を作る檜物師《ひものし》などの職人が軒を連ねていた。奥には、武家屋敷の土塀が続いている。駿府に比べると町割りは狭いが、その分、人通りはこちらの方が賑やかに思えた。

町並みにひと際目立つ大きな商家があった。これは、と思い近寄ってみる。人の出入りが多いので、怪しまれずに様子を窺うのは、容易だった。

暖簾《のれん》に、金木屋《かなぎや》という屋号が読めた。漂う酒の香りで、何の商いかはすぐにわかる。ちらりと覗いてみれば、奥に積まれた酒樽と、升《ます》で量《はか》り売りをしている手代の姿があった。

店先を行き過ぎて、嵐丸は考える。いかにも金がありそうな店だ。ちょっと見えた荷札などからすると、三国《みくに》湊にも店があるらしい。明国《みんこく》とも取引があるのかもしれない。だとすると、蔵には何か珍しいお宝があるのでは。まず第一には身分の高そうな武家の屋敷を狙うつもりだったが、ここを先に狙っても良さそうだ。

そんなことを考えて振り向いたとき、おやっと思った。どこかで見たような男が、道を歩いて来る。嵐丸は草鞋《わらじ》の結び目を直すふりをしてその場にしゃがみ、横目に男の方を窺った。高価そうな小袖《こそで》に胴服《どうぶく》。恰幅《かっぷく》が良く、少したるんだ丸顔に、垂れた細い目と半白の髭《ひげ》。間違いない。知っている男だ。

(堺《さかい》の山田宗順《やまだそうじゅん》だ。ここで何をしてやがる)

宗順は堺で交易を行っている商人で、茶人としてもそこそこ知られている。堺を支配する会合衆《えごうしゅう》の一人でもあるが、何かと怪しげなことに手を出すので、あまり好かれてはいなかった。堺で最大の実力者である今井宗久《いまいそうきゅう》が、辛辣《しんらつ》に評していた、と耳に挟んだことがある。

膝《ひざ》の埃《ほこり》を払いながら立ち上がる。宗順は嵐丸の顔など知りはしないだろうから、向き合ったとしても障《さわ》りはない。振り返ると、宗順は暖簾をくぐって金木屋に入った。商いの話に来たのだろうか。しかし、酒なら畿内で幾らでも手に入るのに、わざわざここへ来るとは。嵐丸は大いに興味を引かれた。

忘れ物でもしたように、踵《きびす》を返してもう一度金木屋の前を通った。ゆっくりと歩き、耳をそばだてる。店の中から、お帰りなさいましという手代らしい声と、日が暮れてからもう一度出かけるので、と言う宗順の声が聞こえた。

金木屋を通り過ぎてから、ふうむ、と嵐丸は考えた。どうやら宗順は、金木屋に泊まっているらしい。堺の会合衆なら、一乗谷の豪商に伝手《つて》があってもおかしくはない。商人だけでなく、朝倉家と繋がりがある、ということもあり得る。いずれにせよ、宗順のような曲者《くせもの》がわざわざ出て来て、一乗谷にしばらく逗留するなら、何か大きなことを仕掛けようとしているに違いない。

(こいつは、ちょっと面白いかもしれんな)

宗順は、日が暮れてからまた出かけると言った。昼でなく夜に出向く用事なら、内密の話か何かではなかろうか。探ってみる価値はありそうだな、と嵐丸は思った。

早めに夕餉《ゆうげ》を済ませ、相客たちに気付かれぬよう忍び装束に着替えてから、嵐丸はそっと宿を出た。外は月明かりだ。その上、さすがは一乗谷と言うべきか、ところどころに常夜燈があって道を照らしている。だが嵐丸にとっては、明る過ぎるのは好ましいことではなかった。

暗がりを伝いながら、金木屋に行った。少し先の武家屋敷の土塀の陰で、しばし待つことにする。宗順が出て来たら、尾《つ》けるつもりだ。

さほど待つこともなく、閉まっていた表戸が細く開いて、人が出て来た。背後に店の灯《あか》りがあるので黒い影にしか見えないが、体つきから宗順に間違いないとわかる。宗順は店の者に何か言ってから、通りを歩き出した。伴《とも》も連れずに一人だけで、松明《たいまつ》なども持っていない。道筋の勝手はわかっているのだろう。嵐丸は音もなく陰から出ると、宗順を追った。

二町ほども進んだかと思うところで、宗順は角を曲がった。そこで止まって様子を窺うと、宗順は十間ばかり先の武家屋敷の門をくぐった。嵐丸は、さっとその武家屋敷の土塀の上に飛び上がった。

屋敷は二十間四方ぐらいの大きなものだった。真ん中に母屋《おもや》の黒いどっしりした影があり、他に離れや納屋《なや》、厩《うまや》など四、五軒の建物がある。そこそこ高い身分の者の住まいだろう。母屋の戸は閉め切られているが、隙間から灯りが漏れている。宗順はそこでこの家の主《あるじ》と会っているに違いない。

嵐丸は納屋の屋根を足掛かりに、母屋の屋根に飛び移った。屋根は板葺《いたぶ》きで、檜《ひのき》の板を五枚ほど重ねたもので葺いてある。こういう分厚い板葺きは、慎重に剝《は》がさないと音が出るので、破るのはちょっと面倒だ。そこで、軒の下に風通しに開けてある小窓を見つけて格子《こうし》を外し、そこから天井裏に入った。

母屋はさほど広くはなく、座敷はすぐにわかった。天井板に隙間を開け、下を覗く。燭台を脇に、宗順と素襖《すおう》姿の侍が、向き合っていた。挨拶《あいさつ》はもう済んだようだ。

嵐丸は耳を澄ませた。

「……誠に、この一乗谷の御家におかれましては、茶の湯に殊《こと》の外《ほか》ご造詣が深く、堺でも多くの者が感服することしきりでございましてな……」

宗順が言った。御家とは、この屋敷の主ではなく朝倉家を指すようだ。

「いかにも。御屋形様は茶のみならず、風雅の道には様々、通じておられる」

ここの主が、もっともらしい声で応じた。御屋形様とは、朝倉家の当主、朝倉左衛《さえ》門督義景《もんのかみよしかげ》のことだ。

「はい、御屋形様が和歌や蹴鞠《けまり》などにも秀でておいでのこと、よく耳にいたしております」

宗順は追従《ついしょう》のように言ってから、少し改まった様子で話を変えた。

「時に武部《たけべ》様、御家では茶道具の銘品も数々ご所蔵と聞き及びますが……淡雲肩衝《たんうんかたつき》というものを、ご存じでございましょうか」

淡雲肩衝、と聞いて、嵐丸は声に出さずに唸《うな》った。それは茶入れとして用いる、小さな壺のような道具だ。肩のところが横に張っている形のものを、肩衝という。出来の良い品は特に珍重され、初花《はつはな》・楢柴《ならしば》・新田《にった》という名が付けられた三点は、世に三大肩衝と言われ、それぞれが数千貫《かん》の値打ちがあるとされている。

嵐丸の真下で、武部と呼ばれた主が「ふむ」と髭を撫《な》でた。

「その名は、噂に聞いておる。聞くところによると、三大肩衝に次ぐほどのものであるようだな」

淡雲については、しばらく前から噂に上り始めており、商売上、嵐丸もその名は小耳に挟んでいた。売り買いとなれば、まず三千貫にはなるだろうと踏んでいる。そんな逸品の名がここで出るとは。これだけでも、一乗谷に来た甲斐があったかもしれない。

「さすがは武部様、おっしゃる通りでございます」

　宗順はおもねるような笑みを浮かべた。

「初花などと同じく、足利義政《あしかがよしまさ》公のご命名、と聞き及びます」

「うむ。長く行方《ゆくえ》がわからず、つい最近になって現れたとかいう話だが」

「左様で。九条《くじょう》家に連なるさるお公家《くげ》様の御家に、眠っておりましたので」

「持ったまま、世に出さなかったと？　何故《なにゆえ》かな。それほどの銘品が手元にあれば、披露したいと思うのが当然であろうが」

　その通りだ、と天井裏で嵐丸は武部に賛同する。何か事情でもあったのだろうか。

「確かに。手前も詳しいことはわかりかねますが、そのお公家様の先代か先々代が、淡雲を手に入れる際に公にできぬ手を使ったのではないか、と」

　武部が驚いたように肩を動かした。

「盗んだ、ということか」

「さて、それは何とも」

　宗順は曖昧《あいまい》に逃げた。

「或《あ》るいは、盗品を承知で買ったか」

　武部は独り言のように言って、腕組みした。

「であれば、今まで人の口の端《は》に上らなかったことも、わからぬではないが」

そんなことを呟《つぶや》いてから、武部は改めて宗順に問うた。

「それで、その淡雲肩衝がどうした、と申すのだ」

「実は、今の持ち主のお公家様から、お預かりをしておりまして」

武部が身を乗り出した。

「売りたい、と言うのか」

「御家にそのお考えがございますれば」

うーむと武部が唸る。明らかに気をそそられている。

「そなたが、間を取り持つということか」

「お望みであれば、そうさせていただきます」

武部は、少し考える風にしてから聞いた。

「いかほどで手放すのか」

左様でございますな、と宗順は思わせぶりに一呼吸置いた。

「まず、千五百貫かと」

えっ、と嵐丸は意外に思った。自分の考えの半値だ。まあ、こちらが欲目で高く見積もり過ぎなのかもしれないが、二千貫でも安いくらいだろう。それを千五百貫というのは、売主の公家に売り急ぐ事情があるのか。もしかすると、後ろ暗い取引で手に入れたのを知られそうになり、奪われる前に金にしようと企《たくら》んだのかもしれない。

「ふむ、千五百貫か」

武部は抑揚のない声で言った。それは買い得、と飛び付きそうになったのを、抑えたのだろう。嵐丸からは顔が見えないのが残念だが、武部の目は鋭く輝いているに違いない。

「その品、ここへ持って来ているのか」

その武部の問いに、宗順は明確な答えを返さなかった。

「もしお買い上げとなれば、手前が責任を持ってお届けいたします」

武部はまた少し考え、それ以上は聞いても答えまいと思ったか、頷《うなず》いた。

「わかった。明日、我が殿にお知らせした上で、御屋形様のご意向を伺うことにする」

「承知いたしました。ご返事をお待ち申し上げております」

宗順が頭を下げた。話はこれで終わりらしい。間もなく宗順は座を立ち、武部と一緒に座敷を出て行った。嵐丸は天井板を元に戻し、屋根裏を這《は》って、格子窓から外に出た。屋根に上がると、家士に見送られて宗順が門を出るのが見えた。真っ直ぐ金木屋に帰るようだ。

さて、と屋根に座った嵐丸は思案した。淡雲肩衝とは、随分な大物が現れたことだ。それがこの一乗谷で取引されるなら、これ以上の獲物はない。宗順は金木屋にそれを持ち込んでいるのだろうか。まずそこから確かめねば。

目の前にぶら下がった大仕事にほくそ笑んでいると、気配を感じた。はっと身を強《こわ》張《ば》らせる。何かがこちらに……。

闇を切り裂く微《かす》かな音がして、何かが嵐丸の顔を掠《かす》めた。間一髪で躱《かわ》した嵐丸は、屋根に身を伏せた。伏せながら、周《まわ》りを窺う。一瞬、月明かりに何か煌《きら》めいた。屋根板に顔を押し付ける。頭から一寸《いっすん》もないところを、殺気を帯びたものが飛んでいき、闇に消えた。

手裏剣だ、と察した嵐丸は、得物《えもの》が飛んで来た方角を見定めた。右手の先、離れの屋根に黒い影がある。明らかに忍びの心得がある者だった。

嵐丸は舌打ちし、さっと身を翻して屋根の反対側に回った。こちらには武器がないので、逃げるしかない。離れの屋根からは死角になったが、向こうが本気ならすぐ追ってくるだろう。

続けて納屋の方に飛ぼうと身構えた時、また気配を感じて頭を下げた。首筋のすぐ後ろで風が走り、一寸と離れていない傍《かたわ》らの屋根板に、手裏剣が突き刺さった。あっちは嵐丸の動きを心得ているようだ。投げ返せば時を稼げるか、と思って手裏剣に手を伸ばし、引き抜いた。本職の忍びが使う、出来のいい代物だ。よし、と手に構えて振り向いたが、同時にまた次の手裏剣が来た。避けようとのけ反った拍子に、手にしたばかりの手裏剣を取り落とした。

もう猶予《ゆうよ》はない。嵐丸は間髪を入れず、納屋の屋根に飛んだ。そこで止まらず、さらに土塀へ。次の刹那《せつな》には、通りに下りていた。手裏剣は飛んでこない。陰に入ったこちらが見えなくなったか、もともと最後まで追う気がなかったのか。

いずれにしても、さっさと退散せねばならない。嵐丸は暗い通りを駆け抜け、宿屋の裏手に飛び込んでから、やっと一息ついた。尾けられては、いないだろう。嵐丸は忍び装束を解くと、そうっと部屋に戻った。相客たちは皆揃って高鼾《たかいびき》で、誰一人嵐丸の動きに気付いた様子はなかった。

二

朝になるまでに、嵐丸はいろいろと考えていた。まず、あの武部という侍だ。「我が殿」と「御屋形様」を分けた言い方をしていたので、朝倉本家の直臣《じきしん》ではなかろう。朝倉家には、同名衆《どうみょうしゅう》と呼ばれる親族の重臣たちがいて、本家の当主を支えている。武部はおそらく、同名衆の誰かの陪臣であろう。自身の主を通じて御屋形様の義景に、淡雲肩衝の話を上げるわけだ。それが誰なのかは、調べればすぐわかる。

その淡雲肩衝だが、まず今夜にでも金木屋に忍び込んで、宗順が携《たずさ》えて来ているか確かめよう。首尾よく見つかれば、そのまま盗んでしまえばいいのだが……。

そこで嵐丸は思案した。淡雲肩衝の噂は、だいぶ広まりつつある。欲しい、と思う者は幾らでもいるだろうが、宗順の元から盗まれたもの、という話もすぐに伝わってしまうに違いない。嵐丸が売ろうとしても、足元を見られる。ならば、淡雲を朝倉に売るのを見届けた後、宗順が堺へ帰るまでに懐《ふところ》にした代金千五百貫を頂戴する方が、手間がかからない。

とは思ったものの、淡雲の値打ちは千五百貫よりも高いはずだ。足元を見られたとしても、二千貫ほどは手にできるのではないか。とすれば、宗順から代金を奪うより、淡雲そのものを盗《と》った方がいい、ということになるが……。

まあ、それは金木屋に忍び込むまでに考えよう。もう一つ大事なことが残っている。武部の家の屋根で嵐丸を襲ったのは何者か、だ。これが一番、厄介《やっかい》だった。

これまでのところ、嵐丸は盗人であると見破られてはいないはず。あいつは嵐丸を尾けたのではなく、武部のところで張っていたのだろう。とすれば、狙いは？

（こっちと同じかもしれん……）

奴は、なかなかの手練《てだ》れだった。宗順を尾け、淡雲肩衝を狙っているのだとしても、おかしくはあるまい。屋敷を守る武部の手の者、とも考えられるが、朝倉本家ならともかく、陪臣の武部にそんな手練れが付いているとも思えない。もしそうなら、武部は朝倉家にとって余程重要な人物、ということになる。

（待てよ。それほどの奴だからこそ、宗順はこの話を持ち込んだのか？）

あり得なくはない。それに、あの忍びは嵐丸をとことん追い詰めて仕留めようとまでは、しなかった。追い払うだけで充分だったのか。二度と近付くな、という脅《おど》しか。ならば、宗順自身ないし淡雲肩衝を護《まも》るために宗順が雇った者、という解釈もできる。

（どうもよくわからんな）

考えることが多過ぎて、結局あまり眠れなかった。まあ、一晩寝ないことくらい珍しくもないので、動きに支障はない。

朝餉を済ませてから、嵐丸はまた金木屋に行ってみた。一乗谷で一番の酒屋らしく、朝から人の出入りは多い。嵐丸は店に入り、持参の徳利を出して濁り酒を五合、買った。手代が酒を量るのを待ちながら、店の中に目を走らせる。板敷きの奥の帳場で、番頭らしいのが太った白髪の年嵩《としかさ》の男と話していた。胴服姿なので、それが主人のようだ。宗順はこの奥にいるのだろうか。もし出かけるようなら、また尾けるつもりだが。

「ご免下さいな。播磨《はりま》から届いたお酒があると聞きましたけど、こちらに頂戴できるかしら」

澄《す》んだ女の声が聞こえ、嵐丸は全身が総毛だつ気がした。嫌と言うほど、馴染んだ声だ。

「はいはい、ただいま。おっしゃる酒は、これでございます」

今しがたまで嵐丸の相手をしていた手代が、さっと女の方に膝を寄せた。嵐丸は少し顔を動かして、女の様子を確かめた。萌黄《もえぎ》に白牡丹《しろぼたん》をあしらった華やかな小袖を着ている。顔立ちは京の都でもなかなかお目にかかれない美しさで、手代は目を釘付けにして、口元をだらしなく緩《ゆる》めていた。女が微笑《ほほえ》むと、手代はすっかり上気し、酒を五勺《ごしゃく》ほどもおまけした。

だが嵐丸は知っている。その色香に、幾人の男が手玉に取られたことか。良からぬ気を起こし、力ずくでものにしようとした男どもが、幾つの屍《しかばね》をさらすことになったか。

嵐丸は代金を払い、徳利を提げて金木屋を出た。振り返りはしない。どうせ向こうは、すぐに追って来る。

果たして、二町も行かないうちに後ろから足音が近付き、女が真横にぴったりと寄ってきた。嵐丸は横目でじろりと睨《にら》む。

「やっぱり麻耶《まや》か。何の用だ」

麻耶は、びっくりしたように目をぱちぱちさせた。

「あらら、駿府で私を口説こうとした人が、なんてつれないおっしゃり方」

ひどいわ、というような目で見つめてくるので、嵐丸は思わず苦笑した。ほとんどの男はこの目だけで落ちるが、何度もくっついては煮え湯を飲まされている嵐丸は、騙《だま》されない。

「口説いたのは確かだが、その後どうしたか、考えてみろ」

睨んでやると、麻耶はえへへと舌を出した。この前、駿府の今川館に二人して忍び込んだ時は、このままずっと二人でやるか、とまで思ったものだ。ところが麻耶は、今川館から出た途端、鼻の下を伸ばした嵐丸の隙をついて、盗んだ物を独り占めにして逃げたのだ。

「でもさあ、掛け軸二幅《にふく》と小《ち》っちゃな花入れ一個しか、盗れるものなかったじゃない。全部で五十貫にしかならなかったわよ」

「金の話じゃない。お前が全部持ってってっちまったことを言ってるんだ」

「それは、まあ……ちょっとは悪かったかな、って」

何がちょっとは、だ。上目遣《うわめづか》いにもじもじしているが、こいつは全く悪いとは思っていない。隙を見せた嵐丸自身の方が間抜けなのだ。

「ねえねえそれでさ、この一乗谷では何を狙ってるの」

麻耶が袖を引いた。こんな往来で何を言うかと黙らせたいところだが、周りの人からは遊女が客を摑《つか》まえているとしか見えまい。その多くは、あんないい女の誘いになかなか乗らないなんて、どんな変わり者だ、と思っているだろう。麻耶はその辺を、すっかり心得ている。

「お前こそ、何を企んでる」

麻耶がここにいるからには、狙っているものがあるはずだ。一瞬、嵐丸は武部の屋敷で襲って来た忍びが、麻耶だということはあるだろうか、と考えた。だが、すぐに打ち消した。麻耶は手裏剣を使わないし、嵐丸を襲う理由が見当たらない。

「それなんだけど、さあ」

麻耶は少し先の、商家が途切れたところの川べりにある柳の木を指した。その周りに石が置かれ、腰を下ろせるようになっている。あそこで話そう、と麻耶は嵐丸を引っ張った。嵐丸は抗《あらが》いかけたが、ここは言う通りにしておこうと、おとなしく従った。

柳の下の石に並んで座ると、麻耶は徳利を持ち上げた。

「ちょっと飲もうよ。あんたが買ったのより、この方がいいお酒だから」

確かに麻耶の酒の方が、倍ほども高い。麻耶は懐から 盃《さかずき》 を二つ、出した。そんなものまで持ち歩いているのか、と少し呆《あき》れる。

麻耶は二つの盃に、濁り酒を注いだ。こういう仕草だけ見ていると、いかにも気の利くいい女なのだが、どうぞと酒を差し出すその手が、鎧通《よろいどお》しを握って男の喉《のど》を切り裂くところを何度も見ている嵐丸としては、頬《ほお》を緩める気にもなれなかった。

「金木屋に行ったということは、山田宗順か」

一杯目を干してすぐ、先手を打って嵐丸が聞いた。麻耶は、ニヤリとする。

「あんたも同じなんでしょ」

やはりそうか、と嵐丸は内心で頷く。

「宗順に狙いを絞っているなら、堺から尾けてきたのか」

「まあね。あんたは違うみたいね。一乗谷に来てから、あいつを見つけたんでしょ」

一乗谷に来るまで、自分以外に宗順を尾けている奴は見なかったから、と麻耶は言った。

「ああ、そうだ」

返事をしながら、嵐丸は別のことも考えていた。麻耶は勘が鋭い。堺からの道中、誰か自分以外に宗順を尾けていたなら、気付かぬはずはない。あの武部の屋敷で出くわした忍びは、宗順を狙って追って来たのではなく、宗順に雇われて供回りに加わっていたか、一乗谷にいる朝倉家の手の者、ということだ。

「淡雲肩衝に、目を付けたのか」

思い切ってはっきり言ってみた。麻耶は驚きもせず、当然のように応じた。

「もちろん。あれほどの逸品、見逃す手はないでしょ」

もっとも、話に聞くだけで見たことはないけどね、と麻耶は笑う。

「あんたの方は、どうなの。ここに来るまで、淡雲に出くわすとは思ってなかったんじゃない？」

見透かすように麻耶が言った。別に誤魔化す必要もないので、一乗谷で仕事をする気で来たら宗順に出くわし、武部の屋敷に忍び込んで盗み聞きしたのだ、と正直に答えた。なるほどねえ、と麻耶が頷く。

「朝倉は石高《こくだか》はそれほどでもないけど、三国湊とかの交易で儲《もう》けてるからねえ。一乗谷には金のある商人が大勢いるし、普通に考えても稼ぎやすい場所だものね」

そこで淡雲に出合うなんて、運がいいじゃない、と麻耶は言った。自分がずっと狙って追って来たものを、その場で話を聞き込んで横から入ってくるとは、と揶揄《やゆ》するような言い方だった。

「それで宗順は、その武部って侍に話を持ちかけたわけね」

「ああ。その武部の仕えている誰かが、朝倉の御屋形に話を上げるらしい。実際に買うのは、朝倉本家だろう」

言ってから嵐丸は、お前は宗順が誰に会うか確かめようとしなかったのか、と聞いた。それは考えたけど、と麻耶は言う。

「宗順の荷物の中に淡雲はある、と思うわけよ。だったら、売り先の窓口なんかどうでも良くて、金木屋に忍び込んで物をいただけばいいだろうって」

確かに、最も単純なやり方はそれだ。

「ここまでの道中で盗もうとは、しなかったのか」

「それはもちろん、考えたんだけどね。意外に守りが堅かったのよ」

宗順は店の手代二人と荷運びの下働き一人を連れていた。だが他に、目付きの鋭い侍が四人も、周りを固めていたという。

「いかにも腕の立ちそうな連中でね。宗順が雇った牢人だと思うけど、只者じゃなさそうだった。それで隙を狙い難くて、ここまで来ちまったわけよ」

「腕利きが四人も？　だが、この一乗谷じゃそいつらを見かけていないが」

「そうなのよ。ここに着いたら、どっかに消えちゃった。思うに、宗順を一乗谷まで送り届けるだけが仕事だったみたいね」

なので、金木屋には宗順と伴の手代二人と荷運びの者しかいないという。妙だな、と嵐丸は思った。淡雲肩衝を運ぶための用心棒だとしたら、取引が終わるまで付き添い、帰りも千五百貫を守るために同道するのではないか。

「一乗谷にいる間は盗賊の心配はないと考えて、帰る時まではどこかで羽を伸ばさせているのかも」

麻耶はそんな風に言った。確かに一乗谷の備えは万全で、盗賊が襲って来るようなことはまずない。しかし、嵐丸や麻耶のように忍び込みを得意とする者なら、動き回って仕事をするのは難しくない。宗順のような世知に長《た》けた商人は、そんなことぐらい当然承知しているはずだ。

「ふむ。もしかすると、その牢人連中は宗順の身柄を守るのだけが仕事で、淡雲は今のところ持ち込んでいないのかもしれん」

「身を守るだけにしちゃ、大袈裟《おおげさ》な気もするけど」

「それはどうかな。宗順は結構危ない橋も渡ってきたようだし、商いで強引な手を使って恨まれている、なんて話も聞くぜ」

「まあそう言われると……堺の屋敷だって、日頃から牢人に守らせてるって話もあるしね」

麻耶は、一応は得心できたように言った。そこで嵐丸は尋《たず》ねてみた。

「宗順の一行に、忍びの心得がある奴は加わっていなかったか。例えば、手代か下働きが実は忍びらしい、なんてことは」

麻耶は「はあ？」と訝《いぶか》しむ顔になる。

「忍びなんていないよ。手代は前から宗順の店にいる、普通の商人だよ。下働きは力がありそうなだけで、身のこなしは鈍重だし。どうしてそんなことを」

嵐丸は少し迷ったものの、武部の屋敷で襲われた話をした。麻耶は首を傾げたが、

「重臣の家とかを守ってる、朝倉家の忍びじゃないの」と言った。どうやらそれが、一番ありそうな答えだ。

「ところでその武部って侍、誰の配下のどういう人なの」

麻耶も気になってきたらしい。嵐丸は軽くかぶりを振った。

「まだわからん。これから調べに行くところだ」

なあんだ、と麻耶は笑い、「じゃ私も行く」と言った。別に断る理由もないので、嵐丸は好きにさせることにした。


武部の屋敷は、すぐにわかった。忍び込んだのは夜だったが、道は当然覚えている。嵐丸と麻耶は屋敷を通り過ぎ、一番近い店に入った。蠟燭《ろうそく》や手燭《てしょく》を売る店だったが、武部の屋敷で使うものもここで買っているだろう、と見当を付けたのだ。それは当たっていたので、麻耶が蠟燭を品定めする間に、嵐丸は世間話をしながら、武部の屋敷に反物を売り込みに行こうとしているように装い、いろいろと探ってみた。

「武部様は贅沢《ぜいたく》を好まんからなあ。あんたの商うようなものは、売れんと思うが」

蠟燭屋の主人は、そんなことを言った。どうも堅物《かたぶつ》であるらしい。武部の名は直《なお》右衛門《えもん》と言い、同名衆の一人で敦賀《つるが》奉行を務める、朝倉景紀《かげただ》の腹心の一人だということがわかった。武部が昨夜口にした「我が殿」とは、景紀のことに相違あるまい。屋敷には妻女と倅《せがれ》二人、家士が二人に女中と下働きで、十人ほどが住まうらしい。

「景紀様は、敦賀におられるのですか」

嵐丸が聞くと、蠟燭屋は当然とばかりに答えた。

「家督は譲られたようだが、今もあちらを治めておられるからの。無論、節季のご挨拶や同名衆の御寄合なんぞの時には、こちらに来なさるが」

堺、或いは京から一乗谷に来るのに、敦賀は通り道に当たる。宗順がいきなり景紀に売り込むのではなく、武部に話をしたのは、景紀に直接の伝手がなかったからだろう。朝倉家を選んだのは、昨夜宗順も武部に言っていたように茶の湯に造詣が深く、淡雲肩衝を持ち出せば必ず買い取る、と考えてのことか。

聞くべきことは聞けたな、と思った嵐丸は、麻耶を促して蠟燭屋を出た。麻耶は御礼代わりに蠟燭を二本、買っていた。

「さあ、次はどうする」

通りを歩きながら、麻耶が陽気に言った。すぐには答えず、嵐丸は「どこに泊まっている」と聞いた。

「上城戸の外に、お堂がある。そこで寝てる」

お堂を勝手に借りるのは、嵐丸もよくやる。屋根も床もあるので、野宿とは比べものにならない。麻耶には連れがいないようなので、女一人で宿に泊まるとどうしても怪しまれる。普通に考えれば、こんなに若くて美しい女が誰もいないお堂などに泊まっていたら、いつ襲われるかと震えていなければならないのだが、麻耶の寝込みを襲うのは、熊か虎の寝ている穴に暴れ込むよりずっと危険だった。

「そこじゃあ、寝にくいだろう。宿に、俺と一緒に泊まるか？」

一応、聞いてみた。麻耶からは「間に合ってます」との答えが返った。

「わかった。今晩、子《ね》ノ正刻《せいこく》（午前零時）に金木屋に入る。その時分に来い。合図を送る」

「承知」

麻耶は頷き、嵐丸から離れた。一度振り返ってみたが、麻耶の姿はもうどこにもなかった。

三

夜中、相客たちが寝静まっているのを確かめ、昨夜と同じように忍び装束に着替えた。するりと外へ出てから、気配を殺して様子を窺う。やや薄い月明かりがあるが、人っ子一人いない。遠くで犬が吠える声だけが聞こえた。

川向こうの寺の時の鐘が聞こえた。子ノ正刻だ。嵐丸は音もなく駆け出し、金木屋に着くと屋根に飛んだ。そこで、鳥の声に似せた口笛を吹く。間もなく屋根に黒い影が現れた。麻耶だ。麻耶は嵐丸の前に膝をつくと、短く問うた。

「どこから？」

嵐丸は麻耶の腕を軽く叩き、屋根の中ほどを示した。宵《よい》のうちに、当たりは付けてある。麻耶が頷くのを確かめ、嵐丸はそうっと膝を進めた。まず、軋《きし》みが出ないよう屋根板の継ぎ目に油を垂らす。次に懐から出した先端を平たくしてある鉄の棒を屋根板の間に打ち込み、音を出さぬよう気を付けながら、梃子《てこ》の要領でぐっと持ち上げる。釘が抜け、屋根板が浮いた。

剝がした屋根板を横に寄せ、開いた穴から天井裏に忍び入った。麻耶もすぐ後に続く。梁《はり》を踏み外さないよう進み、ここが奥座敷と見当をつけたところで、天井板を滑らせて下を見た。部屋の中は真っ暗だが、寝息が聞こえる。嵐丸は隣の狭い座敷に移り、天井板を外してそこに下り立った。幸い畳敷きで、音はほとんど出ない。懐から竹筒に灯心を入れたものを出し、火を点けた。手燭代わりに作った道具だ。襖《ふすま》を細く開け、その灯で中を確かめる。寝ているのは、宗順に間違いなかった。そこに荷物はない。別の部屋に置いてあるのだ。

嵐丸がいる狭い座敷にも、荷物はなかった。ならば、もっと奥だろう。嵐丸は次の間との境の襖に手を掛けた。そこで、ぎくりとして手を止めた。襖の隙間から微かに光が漏れ、人の気配がある。そっと後ろを向き、麻耶に指で知らせる。麻耶も身を強張らせるのがわかった。

嵐丸は、しばしそのまま奥側の部屋を窺った。確かに人が動いている。だが、こちらを気にした様子はない。音が出ないよう気配りしつつ、動き回っているような感じだ。少なくとも、待ち伏せではないなと嵐丸は安堵《あんど》した。だがそうなると、向こうは何をしているのだ。

そこで察した。向こうも、同じ狙いなのではないか。麻耶が嵐丸の手を指で何度か叩いてから、自分と嵐丸と奥側の部屋を順に指した。麻耶も同じことを思ったらしい。嵐丸は麻耶の手の甲をそっと叩き返し、わかったと示して襖に手を掛けた。そのまま、慎重に開いていく。

人の背中が見えた。嵐丸たちと同様の黒い忍び装束で、嵐丸のと似た灯具を使っているようだ。その前には葛籠《つづら》や包みがあり、懸命にその中を調べている様子だった。

それは宗順の荷物に違いあるまい。やはりこいつは、嵐丸たちと同じことをやっているのだ。

相手の動きが止まった。さすがにこちらに気付いたようだ。はっとして身を捻ろうとする。そこへ麻耶が飛び出し、相手の口を押さえると、音も立てずに床に押し付けた。相手はもがきかけたが、騒ぎになるとまずいと思い直したのか、すぐおとなしくなった。灯りを近付け、顔を確かめる。髭面の、まだ若い男だった。

さて、どうする。気付かれて宗順や家人に騒がれては厄介だ。幸い、金木屋の家人も宗順の伴も、邪魔をしないようにとの気遣いなのか、少し離れた部屋にいるらしい。

「出よう」

麻耶が囁《ささや》いた。それしかあるまい。捕まえた奴も連れて出るしかなかろう。だが、屋根から三人というのは難しそうだった。

「お前、どこから入った」

嵐丸は組み伏せられたままの男に囁いた。そいつは、「厨《くりや》」と答えた。嵐丸は舌打ちした。厨の戸は破り易いが、その横では大概、下働きが寝泊まりしている。屋根から入るより、見つかる恐れはずっと大きい。

だが、と嵐丸は考えた。こいつが見咎《みとが》められずに入れた、ということは、出るのも大丈夫、ということではないか。

あまり迷っている暇はない。嵐丸は麻耶に言った。

「こいつを連れて厨から出ろ。俺は屋根に戻る。裏手で落ち合う」

わかった、と声を出さずに返事すると、麻耶は懐から鎧通しを出して男の首筋に当てた。言う通りにしないと殺す、という意思は、すぐさま伝わったはずだ。麻耶は男を立たせると、嵐丸に頷いてから押し出した。男も、ここで反撃するほど馬鹿ではないようだ。おとなしく麻耶の為すがままにされている。嵐丸は安堵して天井裏に戻り、来た通りに梁を伝って屋根の穴から外に出た。すぐに屋根板を元に戻す。剝がすのに使った鉄の棒に布を巻き、音が出ないようにしてから釘を叩いて打ち込んだ。それで、見た目には破られたことがわからなくなった。

屋根板の直しを済ませ、嵐丸はすぐに裏手に飛び降りた。指図した通り、麻耶が男の首根っこを摑まえて待っていた。嵐丸はここから離れよう、と川の対岸を指した。近くに橋があり、その向こうに大きな寺の影が浮かび上がっている。夜中の寺の境内なら、簡単に人に気付かれることはあるまい。

麻耶が男を嵐丸に預け、土塀を越えて内側から山門の潜り戸を開いた。嵐丸は男の襟首を摑んで寺に引き摺り込んだ。観念したらしく、抗うことはしなかった。

土塀の隅に男を押し付け、凄むように問うた。

「お前、何者だ。金木屋で何をしていた」

「何って……盗みだよ。そっちも同じなんだろ」

問われたのが意外、とでもいう顔で、男は答えた。やはりこいつも盗人か。

「宗順の荷物を調べていたな。何を盗る気だった」

男は失笑を漏らした。

「そんなの、わかってるだろうが。淡雲肩衝さ」

ちっ、と嵐丸は舌打ちする。淡雲を狙う奴が、いったいどれほどこの一乗谷に入り込んでやがるんだ。麻耶もこいつも、淡雲のことを承知した上で宗順を追ってきたらしい。だとすると、ここへ来て初めて宗順と淡雲の関わりを知った俺が、一番出遅れているわけだ。

待てよ、と嵐丸は思った。武部の屋敷で俺を狙ったのは、こいつだということはないか。一応は忍びの心得もありそうだが。

嵐丸は男の装束を検めた。脇差を腰に差していたが、手裏剣などは持っていない。それに、あの時見た影は、こいつよりずっと細身だったような気がする。だいたい、あんな手練れならこうもあっさり捕まったりしないだろう。やはり違うな、と嵐丸は断じた。

「あんた、名前は」

麻耶が聞いた。男は「道之助《みちのすけ》だ」と名乗った。本当の名かどうかは疑わしいが、呼び名がわかればそれでいい。嵐丸と麻耶も、名乗ってやった。

「へえ、嵐丸か。腕利きだって噂に聞いたことはあるぜ。一人でやってるそうだな」

俺の名も、ちょっとは知られてきたか。悪い気はしないので、嵐丸は鷹揚に「ああ」と返事した。

「お前も一人仕事か」

そうだと道之助は言った。

「ふうん。この商売に入って、まだ日は浅いようだな」

えっ、と道之助は眉《まゆ》を上げる。

「わかるのか」

「まあな。手口や身のこなしからすると、まだ慣れ切っちゃいない。やり始めて一年かそこらで、元は侍なんじゃないか」

ほう、と道之助は恐れ入った様子で嵐丸を見返した。図星だったらしい。

「さすがだな。そこまで見抜かれるとは」

「まあ、それはいい。肝心の話だ。宗順の荷物には、淡雲はなかったのか」

ああ、と道之助は残念そうに唇《くちびる》を噛《か》む。

「なかった。一乗谷には、まだ持ち込んでないんだろう」

「金木屋の蔵に預けた、ってことはない？」

麻耶が言った。どうかな、と嵐丸は首を傾げる。

「金木屋に預けたなら、金木屋もこの取引に一枚噛んでる、ってことになる。それなら、武部のところに話に行ったとき、金木屋も仲介者として同席するんじゃないか」

かもしれないね、と麻耶が応じた。

「金木屋は、淡雲のことを宗順から告げられていないかも、と思うんだね」

「欲深で隙が無い宗順だからな。朝倉家に自分で伝手を持っているなら、金木屋を噛ませて分け前を渡すなんて余分なことは、しないんじゃないか」

「ふうん。金木屋には宿を借りただけ、ってことか」

麻耶が呟くと、俺もそう思う、と道之助は言った。

「宗順は取引の約定が成ってから、淡雲を運び込むつもりだろう。金木屋に話すとしても、その時だろうな」

「じゃあ今はまだ、堺にあるのね」

いや、と嵐丸はかぶりを振った。

「京の公家から預かって、一旦堺に持ち帰るのは手間だ。公家のところから、直《じか》にここまで運ぶ方がいい」

それはそうだね、と麻耶も頷いた。

「なあ、そこでちょっと頼みがあるんだが」

道之助が、おもねるような声を出した。

「逃がせと言うつもりか」

嵐丸が睨むと、いやいや違うと道之助は手を振った。

「俺は宗順の店についていろいろ調べたんだ。大事な荷を運ぶときは誰に任せるか、商いの荷を運ぶのはどの道を使っているか、とかな」

「で、何が言いたい」

「つまりその、だな。俺たちで一緒に、運ばれてくる淡雲を途中で頂くってのはどうだ」

「何ですって。図々しい」

麻耶が呆れたように言った。

「あんたの手なんか要らないよ。宗順の店から北陸への行き来は、普通に北国街道と北陸道《ほくろくどう》を使うでしょう。そこで待ち伏せできる」

「でも、運ぶ奴の顔はわかるかい。俺なら、わかるぜ」

「宗順は、話がついたから淡雲を持って来い、って使いを出すでしょう。そいつを尾けて京まで行き、淡雲が運び出されるところを確かめて、そのまま追って来ればいい」

「京まで使いを尾けて、往復するのかい。えらい手間だし、二人きりで見失わずに追うのは大変じゃないか」

そのぐらいやれる、と言いかけた麻耶を制し、嵐丸が聞いた。

「策があるのか」

食い付いた、と思ったか、道之助はニヤリとした。

「ああ。塩津《しおつ》で待ち伏せる」

ははあ、と嵐丸は得心して言った。

「琵琶《びわ》の湖を船で渡って来る、というわけか。で、船が着く塩津で待っていれば、お前が知った顔が現れるだろう、ってことだな」

「おう、さすがは嵐丸兄貴。よくわかってるじゃねえか」

道之助は破顔したが、嵐丸は顔を顰《しか》めた。

「誰が兄貴だ。お前の方が年上に見えるぞ」

「いや、この商売の上じゃァ、どうしたってあんたが兄貴分だからな」

そこで麻耶が嵐丸の腕を叩いた。

「ちょっと、どういうつもりよ。こいつを信用するの」

麻耶はいかにも胡散《うさん》臭そうに道之助を見た。道之助は慌てて視線を逸らした。

「分け前が減るのが心配か」

「それもあるけど、こいつが途中で裏切らないって言える？」

「その時は、お前がこいつの喉を切り裂くだろ」

麻耶はじろりと道之助の首筋を見やった。道之助が目を剝《む》いて首に手を当てる。

「おいおい、よしてくれ。あんた、そんな綺麗な顔して随分おっそろしいんだな」

「いずれ身をもって知ることになるかもね」

麻耶が脅しめいた言い方をすると、道之助は身を竦《すく》めた。嵐丸が笑って言う。

「まあ確かにこいつが言うように、塩津で待ち構えるのが楽だ。向こうは警護も付けているだろうから、二人より三人の方が良かろう。勝手に動かれて邪魔されても困るしな」

だが、分け前は同じというわけにはいかんぞ、と嵐丸は釘を刺した。

「俺が二、麻耶が二、お前が一の割合だ。お前の腕は、俺たちに比べりゃ半人前だからな」

「えっ、そりゃあきついな」

「嫌なら、ここで口封じさせてもらう」

嵐丸の台詞に応じて、麻耶が懐の鎧通しを覗かせた。わかったわかった、と道之助は慌てて言った。

「それでいいよ。で、これからすぐ発つか」

「朝になってからでいい。お前はどこに寝泊まりしているんだ」

「ああ、下城戸に近い茜屋《あかねや》って宿だ」

嵐丸は麻耶の方を向いて言った。

「出かけるまでの間、茜屋でこいつを見張ってくれ」

疑り深いな、と道之助は頭を掻《か》いた。

「こんな美人に見張られてると思ったら、落ち着いて眠れねえかも」

この軽口に、麻耶は思い切り頭をはたくことで応えた。

四

しばらく待たねばならなかった。武部が敦賀の朝倉景紀に使者を送り、淡雲肩衝の買い取りを進めるかの問い合わせをしたからだ。使者は三日後に戻り、その日の夜、宗順が武部に呼ばれた。嵐丸はそれを見越し、また武部の屋敷の天井裏に入り込んでいた。

「殿様のご返事は、如何《いかが》でございましたか」

宗順が笑みを浮かべつつ聞いた。武部は勿体を付けるように咳払いをしてから、

「買い取る向きで進めよ、とのことであった」と返答した。

「左様でございますか。誠にありがとうございます」

宗順は丁重に礼を述べたが、断られることなどないと見切っていたようで、泰然としていた。

「まず淡雲を見せてもらわねばならぬ。殿は十日後にこちらに来られる。その時に、間に合うか。何なら、敦賀へ届けてもらい、そちらで殿に見てもろうても良いが」

やはり淡雲肩衝は、まだ売主のところにあったのだ。いえ十日あれば十分です、と

宗順は答えた。

「明日朝にも使いを出しましょう。京の方では万端整えてお待ちしておりますので、こちらに届くのは八日後か、遅くとも九日後かと」

宗順はそう請け合った。天井裏で聞いている嵐丸は、頭の中で勘定した。これなら、淡雲が塩津の湊に着くのは、六日後か七日後だ。それに合わせて、待ち構えればいい。宗順と嵐丸は、奇しくも同じような満足の笑みを浮かべた。

「わかった。では、殿がご満足されれば、その場で淡雲を引き取る。代金もその時に渡す」

「ありがとうございます」

宗順は深々と頭を下げ、礼を述べた。

知りたいことは聞けたので、嵐丸は天井裏から屋根に出た。出る時、周りに目を凝らし、僅《わず》かな気配でもないかと全身を緊張させた。またあの忍びが襲って来るかも、と用心したのだ。だが、しばらく様子を窺っていても、何の気配も感じられなかった。

嵐丸は慎重に屋根の上で身を起こした。手裏剣も矢も、飛んでこない。今夜は、現れなかったのだ。ということは、少なくとも奴は、武部に張り付いて護っている者ではないわけだ。取り敢《あ》えずほっとして、嵐丸は武部の屋敷を離れた。

翌朝嵐丸は、金木屋から宗順の手代が出立するのを見届けた。彼が京への使いの役を務めるようだ。しばらく尾け、北陸道へ出るのを確かめてから、嵐丸は茜屋に行った。商談のふりをして、道之助のいる部屋に入る。麻耶もそこで待っていた。

「思惑通りに進んでる。早ければ五日後に、塩津に淡雲が着く。こちらも明日、出かけよう」

三人は頷き合った。

翌日、一同は下城戸で落ち合い、塩津へ向けて出立した。嵐丸だけでなく道之助も、商人の服装《なり》である。麻耶は商人の若女房という風を装っていた。日程には余裕があるので、急ぐ必要はないのだが、つい逸《はや》るのか、道之助は早足になっていた。商人らしくないと窘《たしな》めて足を緩めさせることが、何度か続いた。

その晩は今庄《いまじょう》で泊まり、次の日に木ノ芽峠を越えて敦賀に出た。そこでは、敦賀湊に集まった北陸の産物を塩津湊に運ぶ荷車や荷駄が、盛んに行き交っている。商人姿の嵐丸たちはその中に紛れ、全く目立たなかった。

朝に敦賀を発ち、まだ日が高いうちに塩津に入った。北から京へ向かう様々な物資がここで船に積まれ、京からの酒や呉服が下ろされて荷駄に積み替えられる。京へ送る物の中では、昔から塩の扱いが大きい。それでこの地も、塩津と呼ばれるようになったのだ。

湊には大船小舟が何艘《そう》も舫われ、水夫《かこ》や人足が大勢たむろし、馬借や問屋がびっしり並んでいる。一乗谷の阿波賀湊と比べれば、倍以上の賑わいだった。嵐丸たちは宿屋の一軒に落ち着いた。ここで宗順の船を待つ。

「宗順くらいの大商人なら、自前の船を持ってるかな」

麻耶が言った。それはないだろう、と嵐丸は答える。

「あいつなら、唐《もろこし》や琉球《りゅうきゅう》に行く船は持ってるかもしれんが、琵琶の湖の船運は堅田《かたた》衆《しゅう》の領分だ。勝手に船を入れたりはできんさ」

「じゃあ、宗順の船だと見分けるには？」

嵐丸は顎で道之助を示した。心得たように道之助が言う。

「言ったろ。宗順の大事な荷を運ぶ奴の顔は、俺が知ってるって」

道之助が言うには、その男は剛十郎《ごうじゅうろう》といい、宗順の店の者ではないが、大金で雇われて無事に荷を運ぶ仕事を請け負っているという。まずまず腕も立ち、そんじょそこらの追剝《おいはぎ》どもでは、太刀打ちできないそうだ。

「淡雲ほどの品なら、必ずそいつが運んでくるさ。後は船が着くのを待ってりゃいい」

道之助は自信があるようで、任せろと言い切ってすぐ横になった。麻耶は、本当に大丈夫かこいつ、という目で斜《はす》に見ている。

大津《おおつ》からの船は、翌々日の日が傾いた頃に着いた。湊で見える船の中では、一番大きい。菰《こも》で巻かれた荷物を一杯に積んでおり、二十人ほどの人も乗せている。石積みされた岸に船が着けられると板が渡され、人と荷物が順番に降りてきた。近くの岸辺に立った嵐丸たちは、その様子をじっと見つめた。

間もなく道之助が、「あ」と小さな声を出して嵐丸の肘《ひじ》を突いた。

「あいつだ」

「どれだよ」

「あの茶筅髷《ちゃせんまげ》に顎髭《あごひげ》の奴だ。葛籠を背負った若い衆を二人、連れてる。その後ろに、目付きの鋭い奴が一人、付いてる。皆で四人だな」

ふむ、道之助め、なかなか良く見ているなと嵐丸は感心した。荷を背負っているのはおそらく宗順の店の者、後ろの男は剛十郎の手下だろう。荷を前後で挟んで守る形だ。剛十郎も手下も、大刀を腰に差し、周りに近寄るなと威嚇するようであった。嵐丸は嘲笑しそうになる。あれでは、却って目立つではないか。

「ここで泊まるかしら」

「敦賀まで五里半ある。峠を越えきらないうちに暗くなるから、そうするはずだ」

剛十郎の一行を目で追って行くと、案の定、客引きに従って宿の暖簾をくぐった。嵐丸たちの宿のすぐ向かいだ。これは都合がいい。

「今晩、忍び込むとしよう。しかし、剛十郎か手下が不寝番をしているかもしれんな」

そいつを騒がれずに片付けるにはどうするか、と嵐丸が思案していると、道之助が薄笑いと共に耳元で言った。

「任せろ。いいものがあるんだ」

夜半を過ぎた頃、三人は宿を出た。街道には人気《ひとけ》がなく、見つかる心配はないので堂々と横切り、向かいの宿の裏手に入った。懐から出した例の灯具に灯《とも》を灯し、部屋を窺っていく。

剛十郎たちは、裏口からすぐの、一番奥の部屋にいた。襲われても裏口を使って逃げられるからだろう。中を覗くと、剛十郎と店の若い衆は、枕元に荷物を置いて寝入っていた。だが思った通り、手下は起きて荷物の傍らに座している。剛十郎も、何かあればすぐに飛び起きる構えで、刀を腕のすぐ横に寝かせていた。

なかなか用心深いな、と嵐丸は渋面を作った。道之助の出番のようだ。

「おい、いいものがあると言ったな」

道之助は、へへっと笑って懐から何かを出した。灯具を近付けてみると、小さな香炉のようだ。

「おっと気を付けろよ。まだ火を点けちゃ駄目だ。顔は覆ってるよな？　じゃ、その上から鼻と口を押さえとけ」

道之助は装束の背中から釣竿《つりざお》を短く切ったようなものを出し、糸の先に香炉をぶら下げた。それから中に火を入れた。炉の上から煙が流れ出す。

「間違っても吸い込むなよ」

道之助は竿を立てて欄間まで香炉を持ち上げた。煙が部屋の中に入っていく。それで嵐丸にもわかった。

「なるほど、眠り薬か」

「そうだ。効き目はあるぜ」

しばらく煙を部屋の中に送ってから、道之助は香炉を戻し、炉の口を閉じて火を消した。

「もう息を吸ってもいいぞ。このまましばらく待て」

道之助が小声で言うので、息を殺して壁に張り付いた。じっとしていると、やがて部屋から微かな音がした。道之助が耳を澄まし、大丈夫そうだな、と呟く。

「行こうぜ」

道之助が襖に手を掛け、そっと開けた。不寝番の手下は、壁に背を預けて眠っていた。さっきの音は、手下の背中が壁にぶつかった時のものだったようだ。

「これでひっぱたいても起きない。ゆっくり仕事ができる」

よし、と嵐丸は頷き、一つ目の葛籠を開けた。続いて麻耶が、二つ目に取りかかる。道之助は、剛十郎たちが目覚める気配がないか、じっと見張っていた。

一つ目の葛籠には、反物が十疋《じっぴき》ほど詰まっていた。高価な絹織りで、色も様々だ。武部や景紀、朝倉家への進物だろう。もう一つにも同様に反物が入っていたが、その真ん中に桐箱があった。麻耶は目で嵐丸と道之助に「これだ」と示し、桐箱をゆっくり持ち上げて、箱書きがあるぞ」

「淡雲って、箱書きがあるぞ」

道之助が桐箱の蓋を指して、小声で言った。麻耶は桐箱を縛っていた紐を解いた。そっと蓋を取る。灯具を近付けてみると、箱には内貼りがしてあり、黄金色の仕覆《しふく》に入った茶入れが鎮座していた。おう、と目を見開いて、道之助が手を伸ばす。嵐丸がそれを手で制した。

「中身を見るのは、後でいい。これに間違いなかろう。さっさと出よう」

眠り薬で眠らせたとはいえ、長居するのは危ない。道之助も承知し、麻耶は桐箱に元通り紐をかけた。葛籠も、淡雲がなくなったのがすぐばれないように、元に戻しておく。

麻耶が桐箱を抱え、裏口から出た。その帯に、嵐丸はさりげなく指をかける。

「え？　何やってんの」

麻耶が気付いて振り返り、嵐丸を睨んだ。

「もしかして、あたしがこれ持って逃げると思ってるわけ？」

「今までの行いからすると、用心に越したことはない」

酷いわねえ、と麻耶は眉を逆立てた。

「そんなつもりはないから、放してよ。さっさと戻らなくちゃ」

何やってんだよ、と後ろから道之助が催促した。嵐丸は苦笑し、まあ今夜のところは信じておくか、と指を抜いた。麻耶は拗《す》ねたように尻を振って、一飛びで街道を渡った。

翌朝、剛十郎たちは宿を出て、塩津街道を敦賀の方に向かった。遠目に窺ったが、慌てたような様子は全くない。

「気付いてねえようだな」

道之助がほっとしたように言った。

「朝起きてから、葛籠の中を検めるってことはしなかったのね」

意外に脇が甘いな、という調子で麻耶が言った。確かに、自分なら毎日、異変がないか確かめるだろう。剛十郎という奴は、自信があるのか、思ったよりは鷹揚らしい。

「で、俺たちはどっちへ」

道之助が聞いた。無論、奴らとは反対の方だ、と嵐丸は答える。

「道中で盗まれたのに気付いて暴れ出したとき、居合わせるのは御免だ。こんなお宝を金に換えるなら、やはり京か堺だしな」

堺で売るなら、宗順が不在のうちにやりたかった。宗順を嫌っているという今井宗久辺りなら、言い値で買うかもしれない。

「俺たちの仕業と気付いて、追って来ることはないか」

道之助はいささか不安があるようだ。それはあるまい、と嵐丸は言ってやる。

「向こうは俺たちの顔も知らねえんだ。わかるわけがない」

そう言えばそうだな、と道之助は笑って頭を掻いた。だがな、と嵐丸は胸の内で言う。何より気を付けないといけないのは、お前たちだ。隙あらば独り占めしようと、互いに考えているはずだし、それを承知してもいるだろう。三人が三人とも、狐と狸なんだ。道之助も麻耶も無邪気な笑みを見せているが、その裏側なんて……。

小谷《おだに》に城を構える浅井《あざい》家の関所を避けるため、嵐丸たちは琵琶の湖の西岸を通る西近江路《にしおうみじ》を行くことにした。東岸ほど平坦ではないが、京へはこちらの方が近い。海津大崎《かいづおおさき》を過ぎたところで、右手にお堂が見えた。人の気配はない。嵐丸はそちらを指して示し、街道から外れてお堂の裏手に入った。

「どうしたんだい、兄貴」

道之助が周りを見ながら尋ねた。声に少し不安げな響きがあるのは、ここで自分を始末するのでは、と思ったからだろう。嵐丸は安心させるように、背負った荷物を下ろして包んでいた布を解いた。

「今のうちに一度、お宝を確かめておこうと思ってな」

ああ、なるほどと道之助は肩の力を抜いた。嵐丸は近くに人の気配がないかもう一度確かめてから、淡雲の桐箱を取り出した。紐を解いて蓋を開け、仕覆ごと取り出す。それを恭《うやうや》しい手つきでお堂の縁側に置き、仕覆の口を緩めて中身を露わにした。

「へえ、これが淡雲」

麻耶は肩衝を眺めて、感嘆の声を漏らした。濃い黒茶色で高さはほんの三寸（約九センチ）ほど。下半分に白っぽい釉《ゆう》が流れ、雲がたなびくような景色を作っている。これが淡雲と銘打たれた所以《ゆえん》か。

「ほう。さすがの逸品だなぁ」

道之助が、ごくりと唾を飲み込んで嘆息した。嵐丸も目を引きつけられた。淡雲は噂に聞くだけで、無論見るのは初めてだ。三千貫出しても惜しくない、と言われるだけあって、さすがに品というものが……。

ふと、麻耶の様子が変わったのに気付いた。今しがたまで浮かべていた賛嘆の表情が消えて、何やら訝し気な色が表れている。

「おい、どうかしたか」

気になって尋ねた。麻耶は、はっとしたように目を瞬《しばたた》いた。

「ああ、いや、別に」

慌てて言ったが、奥歯に物が挟まっているような感じだ。

「何か気になるのか。言ってみろよ」

「うん……」

麻耶は口籠りかけたが、嵐丸に促されて続けた。

「何て言うかね、こうして昼の光で見ると、風合いに深みがないような気が……」

何だいそりゃ、と道之助が首を傾げた。嵐丸は、改めて冷めた目で淡雲を見直してみた。そして、眉をひそめた。

（これは……）

よくよく見ると、黒茶の地色にくすみがある気がした。白っぽい釉も、かすれたようなところがある。そっと手を出し、撫でてみた。そして、ぎくりとする。僅かだが、不均衡な凹凸があった。敢えて完璧でない仕上がりに風情を求めるという興趣もあるが、これはただ雑なだけだ、と嵐丸は感じ取った。となると、答えは一つだ。

「淡雲じゃないな、こいつは」

ええっと道之助は目を剝いたが、麻耶は肩を落として、大きな溜息をついた。

「やっぱりねえ。そんな気がしたんだよ」

「いやしかし、こいつは確かに剛十郎が……」

道之助は、まさかという顔で肩衝に目を凝らした。それから、嘘《うそ》だよな、という顔を嵐丸に向けた。それを嵐丸は睨み返す。

「わからねえのか。俺たちは、一杯食わされたんだよ」

「いや、しかしこれは宗順が運ばせてたものには違いないはずだ」

鈍い奴だな、と嵐丸は顔を顰める。

「馬鹿野郎。こんなものに朝倉家の連中が騙されると思うか。こいつは囮《おとり》だ。誰かが淡雲のことを勘付いて、途中で奪いに来るのを見越しての仕掛けだったのさ」

そんな、と道之助が青ざめた。その胸ぐらを、嵐丸が摑んだ。

「お前が承知のうえで俺たちを囮に誘い込んだか、と思ったが、その様子からすると、お前も騙されたクチだな。まったく、この役立たずが」

嵐丸は腹立ちまぎれに、道之助を横に投げ飛ばした。道之助は無様にお堂の縁先に転がった。その鼻先に、嵐丸は桐箱ごと贋の淡雲を突きつけた。

「こいつはくれてやる。堅田か三井寺《みいでら》辺りの道具屋に持って行けば、五貫文くらいで引き取ってくれるだろう。それを持って、とっとと消えろ」

「そんな、兄貴……」

道之助は、懇願するような情けない顔をした。嵐丸はその顔に向けて、正面から言い放った。

「うるせえ。また俺たちの前に顔を見せたら、どうなるかわかるな」

麻耶がその言葉に応じるように冷酷な目付きに変わり、懐から鎧通しを出した。道之助は口をぱくぱくさせていたが、結局何も言い返せず、贋の淡雲を抱えると、背を向けてお堂の敷地から駆け出ていった。

「あーあ、まったくとんだ無駄骨だったわねえ」

道之助を震え上がらせた目付きを元に戻し、麻耶が嘆息した。

「ちょっと思惑通りに行き過ぎた。そこで怪しいと思うべきだったよな」

自嘲気味に嵐丸は言った。剛十郎が、宗順が安心して大事な荷を運ばせるほどの男なら、こうも簡単には行かなかったはずだ。剛十郎は承知のうえで、囮役を務めた、ということだろう。

「で、どうする」

麻耶が聞くと、嵐丸は即座に答えた。

「一乗谷に戻る」

麻耶も頷く。

「本物は、この隙に一乗谷に運ばれたと思うわけね」

「ああ。船じゃなく、街道を行ったんだ。どこかですれ違ったかもしれん。急がねえと、淡雲は朝倉に引き渡されちまう」

朝倉館に淡雲肩衝が納められたら、手出しは難しい。朝倉景紀が敦賀から一乗谷に来るのは、四日後だ。景紀が着けば、おそらくその翌日には淡雲の引き渡しが行われるだろう。盗み出すなら、あまり余裕はない。

「夜も走るぞ」

嵐丸は麻耶に告げた。昼間は商人の夫婦旅、と見せかけて普通に歩き、夜は宿に泊まらず、ひたすら急ぐ、ということだ。麻耶もすぐ察し、わかったと応じた。

五

府中《ふちゅう》（武生《たけふ》）から一乗谷に向かう道は、朝倉家の領内で最も重要な街道であるだけに、人通りも少なくない。今日も多くの荷駄や商人、作物を運ぶ百姓や旅の僧、所用で出かける侍などが次々にすれ違っていった。

その中に、笠をかぶった牢人風の二人連れがいた。それと行き合う時、麻耶の身が硬くなったのに嵐丸は気付いた。互いに顔を見ることはしなかったが、過ぎ去ってから麻耶は嵐丸の袖を引き、囁いた。

「今の牢人だけど」

「ああ。ちょっと腕が立ちそうな気配があったな」

「あれ、宗順が一乗谷に来た時、一緒にいた連中よ」

ほう、と嵐丸は眉を上げる。

「宗順を送り届けてから、去ったんじゃなかったのか」

「ええ。でも、また一乗谷の方から来た、ってことは……」

その先は、すぐに察しがついた。

「奴らが本物の淡雲を運んで来たようだな」

でしょうね、と麻耶も言った。

「よし。今夜、金木屋にもう一度入ってみよう」

「大丈夫？」

麻耶が心配げな声で言った。塩津まで、行きは三日かけた行程だったが、帰りは一昼夜を寝ずに急ぎ、ここまで戻っている。少し疲れているのは確かだった。だが、景紀が着くまであと三日だ。隙があるなら、すぐにも狙った方がいい。

「宗順と一緒に来た牢人は四人だった。二人が残って、淡雲を守ってるかもしれないよ」

それは嵐丸も考えていたことだ。

「守りが堅いようなら、出直す。まずとにかく、淡雲の在り処を見定めなくちゃな」

「わかった。無理はしないでね」

麻耶が嵐丸の身を気遣うように覗き込むので、頰が熱くなった。こんな美人にこんな目付きをされると、男の気分は天に昇ってしまう。いやいや、と嵐丸は慌てて我が身を引き締めた。騙されるな。こいつの心配は、欲目に見ても己の身が三分、淡雲のことが六分、俺のことは一分かそれ以下に違いない。

「ああ、無理するつもりはない」

あっさりと、それだけ返した。麻耶は「ならいいけど」と言って、笑みを見せた。まったく油断ならないが、この笑顔に抗うのは、並大抵ではない。

一乗谷に戻り、前と同じ宿に入った。敦賀まで女房を迎えに行っていたのだ、と言うと、宿の主人は疑いもしなかったが、麻耶を見て羨ましそうな顔をした。ちょっとだけ、いい気分になる。

少し余分に金を払い、夫婦者ということで相客のない部屋を用意させた。これでだいぶ、動きやすくなる。嵐丸は夕餉を挟んで日暮れまで体を休め、夜もだいぶ更けてから動き出した。

忍び装束になった嵐丸は、裏から宿を出て金木屋に向かった。この前より早い亥《い》の刻（午後十時）頃なので、通りにはまだ人影が見える。大方は酔っているようだが、見咎められてはまずいので、嵐丸は屋根伝いに進んだ。取り敢えず様子を確かめ、もし容易に盗めそうだと見切れたなら、夜更けに麻耶を伴って再び忍び入るつもりだ。

金木屋の屋根に着くと、いつも通りの手順で板葺きの屋根に穴を作った。今頃の刻限では、まだ起きている者がいるかもしれないので、より慎重にはなったが、さして難しいことではない。

屋根裏に入った嵐丸は、奥座敷の方に進んだ。豪商の屋敷とはいえ、大名家の館ほど広いわけではない。宗順も、この前と同じ部屋に泊まっているはずだ。淡雲肩衝や他の進物なども、同様に座敷の隣に置かれているだろう。

部屋の配置は、もう覚えていた。そっと天井裏から下を窺うと、宗順の寝顔が見えた。天井板を閉じ、奥へと移る。下を窺って、眉根を寄せた。これは面白くない。

荷物は、思った通りの場所にあった。この前にはなかった葛籠があるので、淡雲はその中だろう。だが、荷物の前で牢人が二人、胡坐《あぐら》をかいていた。麻耶が言っていた四人のうち、残った二人に違いない。やはり淡雲の警護をしていたのだ。残った二人の方は、帰った二人より腕が立つのだろう。すれ違ったあの二人の気配でも、相当な腕とわかった。これは侮ってはいけない。まともに入り込めば、間違いなく斬られる。

嵐丸は、一旦帰って策を考えねば、と思った。天井板を戻し、そろそろと戻る。その途中で、下の部屋から声が漏れるのに気付いた。これは、と耳をそばだてる。どうやら、金木屋の主人夫婦の寝所らしい。

「……どうにもあのお侍お二人、私は気味が悪くて」

女房の声だ。お二人とは、淡雲を警護する牢人のことだろう。

「まあ仕方ない。山田屋さんにはずいぶんと世話になったからな」

金木屋の主人は、宗順を屋号で呼んだ。以前に宗順に儲けさせてもらったことでもあるのだろう。

「昨晩届いた何か大事なものを、朝倉の御屋形様にお譲りするとかいうお話ですけど、あなたは何も聞かされていないんでしょう」

「うん……まあな」

ふむ。やはり金木屋は、淡雲のことを教えてもらっていないのか。

「それだっておかしいじゃありませんか。うちは朝倉様のご領内では五本の指に入る店なんですよ。元はといえば、武部様との仲もうちが間に入ってのことでしょう。それをいつの間にか、頭越しに」

「まあまあ、向こうの商いの話なんだから無理に口を挟むのも、なあ」

そんなに遠慮する必要があるんですか、と女房は口調を強めた。

「うちへ持ち込んだんですから、あの大事なものが何なのか、見せてくれるのが当然でしょう。うちがないがしろにされているみたいで、面白くないですよ」

どうも金木屋では、主人より女房の方が強いらしいなと、嵐丸は苦笑した。

「あれは山田屋さんと朝倉家の直取引だよ」

「それだって、ここでやるならうちを通して、いくばくかの仲介料を置いて行かれるのが筋でしょうに」

「もうよしなさい。こう言っちゃなんだが、山田屋さんはいろいろ企みごとの多い人だ。今度のことには、あまり深入りしない方がいい」

おやおや、と女房殿は溜息を吐いた。

「こんな乱世に、そんな弱気でいいんですか」

「乱世だからこそ、慎重に行かないといけないんだよ」

金木屋は諭《さと》すように言った。女房は、わかりましたよと言って話をやめたが、及び腰の旦那に匙《さじ》を投げたような風情であった。これに関しては、嵐丸は旦那の勘の方が正しいと思った。宗順は、真っ当な商人からすれば危ない男だ。

おっと、長居をし過ぎた。嵐丸は急いで屋根に出ると、また屋根伝いに宿屋に帰った。


「どう？　やっぱりあそこにあったんでしょ」

部屋に入るなり、麻耶が聞いた。ああ、と嵐丸は答える。

「だがお前が懸念した通り、牢人二人が警護に付いてる。ありゃあ、剛十郎のようなわけにはいかんぞ」

堺から一乗谷への道中で、麻耶に盗みを思いとどまらせたほどの奴らだ。手強いのは間違いなく、その目を盗むのは余程の策が要る。

「うーん、やっぱりそうか」

麻耶は渋面になった。そのまましばし考え込む。それから、「それじゃあ」と膝を打った。

「代金の千五百貫の方を頂こうか」

「それは俺も最初に考えたが、代金だって、その牢人が堺まで警護して帰るだろう」

「そうじゃなく、取引の前に」

何、と嵐丸は眉を上げた。

「朝倉景紀の屋敷に忍び込むのか」

「そもそも千五百貫、誰が用意するの」

「わからんが、出すのは朝倉家だろう」

「そりゃそうだけど、宗順が朝倉の御屋形様に直に会うわけじゃないんでしょ。だったら、その武部とかいう景紀様の配下が、支払いの役目をするんじゃないかな」

「千五百貫、武部の屋敷にあるかも、と言うのか」

「ずっと置いてあるわけじゃないでしょうけど、景紀様が淡雲を確かめて、間違いない、ってことになったら、朝倉家から武部のところに届けられると思うよ」

ふうむ、と嵐丸は思案した。代金は、朝倉本家の勘定方《かんじょうかた》に呼び出されて渡されるかもしれないし、景紀が自身の屋敷で淡雲を確かめると同時に渡す、というのも考えられる。だが麻耶が言うように、これまで宗順との話を行ってきた武部から渡す、というのも充分ありそうだ。もしそうなら、武部の屋敷の勝手は既にわかっているから、盗み出すのは楽だ。

「……そうだな。それを狙う方が手堅いかもしれん」

でしょ、と麻耶は笑った。だがすぐに、甘えたような表情になる。

「でも私としちゃ、本音は両方、狙いたいんだけどなぁ」

何だコイツ、と嵐丸は顔を歪《ゆが》めた。自分で千五百貫のことを言い出しておいて、やっぱり淡雲にも未練が大きいのか。

「危ない橋は渡るな、って話じゃなかったのかよ」

うーんと麻耶は上目遣いになる。

「でも、それができるのが嵐丸だよねえ」

お願い、とばかりに潤むような目を向けてくる。とんでもない女だ。

(だが、俺のくすぐり方も良く心得ていやがる)

「……どっちもやれるか、明日の晩までに考える」

ああ畜生め、言っちまった。麻耶は手を叩き、さすが嵐丸、などとはしゃいだ声を上げている。まったく、何てこった。

日が高くなってから、嵐丸は武部の屋敷の方に行った。警護が増えていないかなど、一応様子を窺っておきたかったからだ。だが、屋敷に近付くと、どうも異様な気配がしていた。厳めしい顔つきをした侍が何人も行き交い、或いは立ち話をしている。町人らも、懸念を浮かべた表情でそれを遠巻きにするような様子だ。

「これは何事ですか」

商人姿の嵐丸は、近所の店の者らしい若い男に尋ねた。その男も詳しい事情は知らなかったが、「あちらの方の御屋敷で、何かあったらしいです」とだけ教えてくれた。武部の屋敷で変事があったようだ。嵐丸は礼を言い、足を速めた。

武部の屋敷まで来てみると、確かにひどく物々しい有様だった。門の両側に槍を立てた足軽が四人も立ち、覗き込もうとする者を追い払っている。門からちらりと見えた限りでは、庭に幾人もの侍がおり、頭を突き合わせて話をしていた。出て行く侍と入って行く侍がいたが、いずれも険しい表情だった。

嵐丸は、表通りの角のところで集まっている町人たちのうち、一番年嵩の男に話しかけた。

「いったい何の騒ぎですか、これは」

年嵩の男は怪しむような目を向けてきたが、嵐丸がいかにも害のなさそうな態度を装っているので、少し気を緩めたようだ。

「大きな声では言えんが、ここの旦那様が昨夜、殺されたそうじゃ」

武部が殺された？　嵐丸は驚いて聞き返した。

「本当ですか。押し込みでもあったんですか」

「いや、何がどうなっとるのか、さっぱりわからん」

年嵩の男も、当惑しているようであった。武部がどんな形で殺されたのか、殺したのが誰なのか、外からでは見当もつかない。

その時、武部の屋敷から一人の侍が出て来た。これまで出入りした者の中で、最も身なりがいい。重臣ではないようだが、そう軽い身分でもなかろう。細面で、いかにも頭の良さそうな引き締まった顔つきをしている。髪は少しばかり薄くなっているが、まだ四十にはなっていないだろう。その侍は嵐丸の前を通り過ぎると、通りを南の方へ折れた。何故か興味を引かれた嵐丸は、目立たぬように後を尾け始めた。

身なりのいい侍は、脇目もふらずに歩き続け、やがて左に折れると、川べりの屋敷に入った。お帰りなさいませ、という声が聞こえたので、そこが住まいであるよう嵐丸は辺りを見回し、ちょうど先の路地から出て来た下働き風の老人を摑まえた。


「あの、この御屋敷はどなたのお住まいでしょうか」

家ごとに売り込みに回っている商人のふりで、尋ねてみた。老人は、別段嫌な顔もせず、すぐに答えてくれた。

「ここは明智《あけち》十兵衛《じゅうべえ》様の御屋敷じゃ」

「明智……十兵衛様、ですか」

明智という名字は、美濃《みの》に根を持つ一族ではなかったか。もしや美濃のお力で、と聞いてみると、そうだという答えが返った。もともと明智の一族は美濃の守護だった土岐《とき》氏に仕えていたのだが、斎藤道三《さいとうどうさん》に国を乗っ取られた後、数年前に朝倉家を頼ってきたのだという。この老人、なかなか事情通のようだ。

「今は朝倉様の客分という扱いじゃ」

客分、か。朝倉の家来になったのとは、違うわけだ。朝倉家としても何年も無駄飯を食わせるわけにはいくまいから、相当に才のある人物なのだろう。それが武部の件に首を突っ込んでいるとは、面白い。嵐丸は老人に礼を言い、一旦宿に引き上げることにした。少なくとも、武部が淡雲の代金を預かるだろうという見方は、これで消えた。仕切り直しだ。誰が何故武部を、という疑念は、今は脇に置いておこう。

宿に戻ってみると、麻耶はいなかった。麻耶は麻耶で、探れることは探っておこうとしているのだろう。帰りを待つことにして、嵐丸は寝そべった。その間に、金木屋に忍び込んでうまく仕事をする方法を考える。だが、一刻ほど悩んでも、これという手立ては浮かんでこなかった。

投げやりになってきた頃、廊下に足音がして、麻耶が襖を開けた。嵐丸は、「よう、お帰り」と軽く声を掛けたが、麻耶の表情は妙に硬かった。こいつも何か厄介事に出くわしたのか、と嵐丸は真顔になって起き上がる。

「どうした」

麻耶は座るなり、言った。

「道之助の奴が、ここに舞い戻ってる」

六

「あいつが？　どこで見たんだ」

嵐丸は驚いて聞いた。

「あたしも金木屋を見ておこうと思って、出向いたんだけどね。そしたら、通りの向かい側の陰で隠れるようにしてるのを、見つけた」

「奴も金木屋を窺ってたのか」

そのようね、と麻耶は言った。くそっ、と嵐丸は顔を顰めた。が、同時にちょっと驚いてもいた。近江であれだけ脅して、効き目もあったと思ったのだが。見かけよりは胆がある男だったのか。

「あたしたちを出し抜いて、また金木屋に忍び込むつもりかなぁ」

「それは、何とも言えんな」

嵐丸たちに先手を打つなら、相当に早く、上手く動かないといけないのは承知だろう。余程の間抜けでない限り、腕の立つ牢人二人が淡雲を守っていることにも、気付いているはずだ。奴はそんな策を持っているのだろうか。

「どちらかと言うと、三人がかりの方がうまく行くぜ、って持ちかけて来そうな気がする」

麻耶が呆れたように目を見開いた。

「そこまで面の皮が厚いかしら」

「思いのほか、したたかな奴かもな。一人で金木屋に押し入る策を持ってるとも、思えんし」

「それなんだけど、あいつ、一人じゃないかもよ」

何だと、と嵐丸は目を見開いた。

「仲間を見たのか」

「仲間、とはっきり言える感じでもないんだけどね」

麻耶が言うには、道之助に気付いてしばらくそちらを見張ったのだが、金木屋の前から離れ、裏路地に入ったところで、一人の女と会っているのを見たそうだ。

「女だって。どんな奴だ」

「薄桃の小袖を着た、若い女。武家でも遊女でもなさそう。町家の女、って感じかな。年の頃は二十一、二ってとこ」

「顔は見たのか」

「ええ。まずまずの顔立ちね。あたしより一段ちょっと落ちる」

麻耶は戯言《ざれごと》交じりに言った。

「道之助は、その女と一緒に行ったのか」

「いいえ、ちょっと立ち話して、すぐ別れたよ。どうも、鼻の下を伸ばしてるって感じじゃなかった」

つまり麻耶の見るところ、道之助の女ではないようなのだ。

「お前のことだ。女を尾けたんじゃないのか」

「そうなんだけど……三町ほど行ったところで、撒《ま》かれた」

「撒かれた？　真昼間に、お前が？」

嵐丸は少なからず驚いた。麻耶は暗夜でも、気付かれずに人を尾けることができる。それをあっさり撒くとは、只者ではない。

「おい、町家の女にそんな芸当ができると思うか」

「わかってる。町家の女、ってのは、そんな感じに見せてた、ってだけの話。忍びの心得があると思って、間違いないでしょう」

うーむと嵐丸は唸った。いったい何者だ。やはり淡雲肩衝を狙っている盗人なんだろうか。

「道之助の居場所は。さすがに茜屋じゃないだろう」

「そりゃそうだろうけど、あたしは女の方を尾けたから、道之助がどこに潜んでるかは、まだ見つけてない」

よし、と膝を叩いて、嵐丸は立ち上がった。

「まず道之助をとっ捕まえよう。奴を押さえないと、うっかり金木屋に入れん」

麻耶も、そうだねとすぐに応じ、さっと身を翻して部屋を出た。

道之助は、割合すぐに見つかった。雑踏に紛れつつ、武部の屋敷を窺っていたのだ。金木屋の次はここの様子を見に来るに違いないと見当を付けたのだが、その通りだった。

道之助は通りの角から、武部の屋敷の門を見張るようにしていたのだが、しばらくすると通りを横切り、路地に入った。その路地で、嵐丸は待ち構えていた。

「よう、道之助」

いきなり前に立ち塞がった。道之助は、あっと小さく叫んで背を向けたが、後ろは既に麻耶が押さえていた。道之助は、盛大に溜息をついてがっくり肩を落とした。その肩を、嵐丸が摑んだ。

「二度と現れるなと言ったのに、いい度胸だな」

嵐丸が凄むと、道之助は「勘弁してくれよ、兄貴」と媚びるような笑みを浮かべた。

「顔を貸せ。聞きたいことがいろいろある」

嵐丸は有無を言わせず、道之助の襟首《えりくび》を摑んで引っ張った。道之助は抗わず、引かれるままに従った。

山裾に、使われていない納屋があった。先に嵐丸が目を付けておいたものだ。そこの戸を開け、道之助を放り込んだ。尻もちをついた道之助を、両側から嵐丸と麻耶が挟み、動きが取れないようにした。

「おい、どういうつもりだ。金木屋に押し入って淡雲を盗む気なのか」

嵐丸が肩を摑んで低い声で迫ると、道之助はあっさり「そうだよ」と認めた。

「けど、今度は強面《こわもて》の牢人が二人も頑張ってやがる。まともに忍び込んだら、すぐにやられちまう」

やはり道之助も、そこはちゃんと見ていたようだ。

「そ、それでさ兄貴、兄貴だって一人で入るのは難しいだろ。麻耶さんがいたら斬り合いになっても逃げられるだろうけど、一乗谷中が大騒ぎになっちまう。それはまずいよな」

「何が言いたい」

「だからその、俺はあの眠り薬をまだ持ってる。天井裏からあれを使えば、牢人を動けないようにできる。けど俺は屋根を破れねえし、その、一緒にやったらうまく行くんじゃねえかと……」

（くそっ、やっぱりか。こいつ、俺たちの腕を当てにしてやがる）

「ここで見つかっちまったのも何かの縁だろ。だから……」

「何が見つかっちまった、だ。ふざけるな」

嵐丸は声を荒げた。

「ここへ戻ってからのお前の動きは、随分と雑だった。まるで見つけて下さいってなもんだ。俺たちの方から近付いて来るように仕向けたな」

「それもお見通しか。兄貴の目は誤魔化せねえな」

道之助はまた、おもねるような笑みになる。

「まともに会いに行ったんじゃ、間違いなく追い返されるか、下手すりゃ麻耶姐《ねえ》さんに殺《や》られちまう。ちょっと怪しい動きをして見せたら、そっちから問い質しに来てくれると思ったんだ」

嵐丸は、ふん、と鼻を鳴らした。まんまとこいつの思惑に乗せられたようで、気分が悪い。だが、道之助の薬を使えば、仕事がたやすくなるのは確かだった。それでも、乗っかる前に吐かせておくことがある。

「あの女、何者よ」

麻耶が聞いた。ああ、と道之助は苦笑する。聞かれるのは承知していたようだ。

「いや、実はあれは、俺の前の女でさ」

「お前の女だったって？」

嵐丸は道之助を睨みつけた。

「嘘つけ。お前にあんないい女がくっついたりするもんか」

嵐丸は女の顔を見ていないのだが、はったりをかましてみた。道之助は、照れ笑いのようなものを浮かべた。

「だろ？　俺も不思議なくらいなんだが、気が合うところもあってさ。で、しばらく一緒に盗み仕事をやったんだが、やっぱりと言うか、俺には度胸が足りねえって愛想を尽かされちまった」

「だったら、何でまた近付いて来たのさ」

麻耶が道之助の肩を小突きながら聞いた。道之助は頭を掻いた。

「俺も実はびっくりしたんだがね。あいつ、俺が淡雲肩衝を狙ってることを、嗅ぎつけたらしい。手伝うから分け前を寄越せ、と誘ってきた。何ならよりを戻しても、なんて匂わせてな。まあ、それほどの大きな獲物だからってことだ」

ふうん、と麻耶は疑うような目を道之助に向けている。嵐丸にも、どうも嘘くさく思えた。だが、嵐丸には女の素性がわからない以上、全くの嘘とも言い切れなかった。

「で、あんたは断ったわけ？」

麻耶が聞くと、道之助はその通りだと言った。

「俺を捨てておいて、虫のいい話じゃねえか。男の見栄ってもんもあるだろ」

何を言ってやがる、と嵐丸は道之助の頭をはたいた。

「女の名前は」

「朱美《あけみ》だ。一乗谷でどこにいるのかは、知らねえ」

嵐丸は麻耶の顔を窺った。この話、信用できるかと目で問うてみたのだ。麻耶は肩を竦めた。まあお好きに、ということだ。嵐丸は改めて道之助の顔を覗き込んだ。愛想笑いのようなものを張り付けていて、本音はどうも探り難い。だが、こいつの言う通り、眠り薬でも使わないと他に策が思い付けない。背に腹は代えられないか。

「今晩忍び込むとしたら、段取りは大丈夫か」

道之助の顔が、ぱっと明るくなった。

「ああ、大丈夫。任せてくれよ兄貴」

「よし。お前、どこに泊まってる」

「上城戸の側の、芳屋《よしや》って宿だ」

「そこで待ってろ。今晩やると決めたら、繋ぎを付ける」

わかったと道之助は頷いた。

「もう行っていいか」

「ああ。だが、麻耶が見張ってるのを忘れるな。妙な動きをしたら」

嵐丸は手で自分の喉を掻き切る仕草をした。道之助が慌てて、おとなしくしてるから信じてくれ、と懸命に言った。嵐丸は指を立て、消えろと告げた。道之助は鶏《にわとり》のように何度も首を上下に振ってから、納屋を飛び出して行った。


麻耶は、あいつは本当に大丈夫かと何度も言った。大丈夫かという話なら、正直、五分五分かもしれない。それでも、いざとなれば逃がさない、という自信が嵐丸にはあった。そのぐらい、道之助もわかっているだろう。

「眠り薬の効能は、塩津で見せてもらったからな」

「あたしは朱美とかいう女が気になる。邪魔されないかしら」

確かに、今のところ居場所がわかっていないのは、まずいなと思った。

「武部のこともね。あいつは淡雲の取引の要だったんでしょ。殺されたのも、そのせいなんじゃないの？」
それもその通りだ。淡雲の価値は大きいが、周りでいろいろ妙な何かが蠢《うごめ》いている
という感覚が、嵐丸の背中を不快に這いまわっていた。
「お前は道之助から目を離すな。俺は、もう少し探ってみる」
探るって何を、と麻耶は言いかけたが、それには答えずに、嵐丸は足を速めて通り
に出た。

嵐丸の足は、また金木屋に向いた。あまり何度も行き過ぎて、顔を覚えられてはま
ずいのだが、店に入らなければ大丈夫だろう。
今晩忍び込む、というつもりで、改めて構えを見る。警護が増やされた様子はない
し、店の者が何かを気にしている気配もない。金木屋としては、宗順のやることには
関わらない、と割り切っているのだろう。嵐丸が細工した屋根板も、気付かれている
とは思えなかった。
特に障りはなさそうだな、と安堵して去りかけたが、そこではっと足を止めた。金
木屋の斜向かいに、侍が一人、身を隠すようにして立っていた。くすんだ小袖に括り
袴で、牢人ではなく朝倉家の者らしいが、下っ端の陪臣ではないかと見えた。金木屋

を窺っているようだが、何故だ。淡雲の警護か。しかし、隠れて下士一人だけが、というのも変だ。

改めて周りに目を凝らした。すると、反対側の店の裏手に、もう一人の侍が見えた。こちらは身を隠すと言うより、所在なげに金木屋の横をうろついている風だ。身なりからすると、隠れている下士と似たような身分だろう。

二人とも警護か、と思ったのだが、よく見るとどうもちぐはぐだった。斜向かいの侍は、明らかに目立たないようにしている。うろついている方は、身を隠す気がないようだ。一方が囮で、もう一方が警護役、とも考えたが、そんな難しい策を取る理由があるだろうか。朝倉家として淡雲を守りたいなら、堂々と十人くらいを並べておけばいいのだ。

どうもこの二人の侍、互いに関わりはないようだ、と嵐丸は思った。別々の思惑で、金木屋を見張っているのだ。いったいどういうことだろう。淡雲を中心に、周りに幾人もが寄って来ている。こいつらは、武部殺しと関わりがあるのかもしれない。その後ろにいるのは、誰だ。

嵐丸は慎重にならざるを得なかった。時が経つごとに、気になることがどんどん増えていく。もう少し様子が摑めるまで、動くのは待った方がいいかもしれない。

だが、と嵐丸は眉間に皺を寄せた。景紀が着くのは、明後日《あさって》だ。今夜は様子見とするなら、狙えるのは明日の夜しかない。一日で、安心できるほどに謎が解けるのだろうか。とはいえ、諦めるにはあまりにも惜しい獲物ではあった。嵐丸は、少し頭を冷やそうと川べりに向かった。

一乗谷川の岸辺に下り、幾分冷たさの交じるようになった秋風に吹かれていると、気分は良くなった。金木屋の周りにいた二人の侍は、見張りに関しては素人《しろうと》だ。気付かれずに忍び込むのは、難しくない。さらに人数が増えるようなことがなければ、放っておいても差し支えはあるまい。だが、一応は尾けて、何者で誰の差し金なのかは確かめておこう、と嵐丸は考えた。それ以外のことは……。

誰かに見られている気がして、さっと振り向いた。土手の上に、女が立っている。薄桃色の小袖。互いの視線が絡まった刹那、女はくるりと背を向け、土手の向こうに消えた。

嵐丸は、瞬きする間に土手を駆け上がった。あれが、朱美という女に違いない。俺にまで目を付けていやがったか。道之助を捕まえたのを見て、俺たちの思惑を探ろうということか。何にせよ、素性を確かめねばならない。

土手から路地に入り、通りに出て左右に目を走らせた。南側、二つ先の土塀の角を右に入る女の背が、ちらりと見えた。すかさず、後を追う。角を曲がると、さらに先の角で、薄桃色の袖が左手に消えた。見失ってたまるか、と嵐丸は駆ける。

さらに二度、曲がった。最後に道を折れた先は、行き止まりだった。路地が畦道《あぜみち》になり、山裾の小屋に続いている。その小屋で、薄桃色がふわりと流れた。

嵐丸は足音を消し、小屋の軒下に入った。顔の高さに格子の窓がある。そっと中を窺った。薄桃色の小袖と長い黒髪の後ろ姿が、見えた。

「お入りなさいな」

女が振り向きもせずに、言った。艶《つや》のある声だ。やはりか、と嵐丸はニヤリとする。この女、嵐丸をここに誘い込んだのだ。

「取って食おうなんて、思いませんから」

嵐丸の気分を読んだように、女は重ねて言った。そうまで言われては、仕方がない。嵐丸は戸口に回り、小屋に踏み込んだ。

「噂の嵐丸さんですね。お初に」

女は軽く頭を下げた。細面で、なかなかの美女だ。だが麻耶などとはだいぶ風合いが異なり、少し上がった目尻が気の強さと油断なささを表しているように見えた。慣れた目には、すぐに危ない女だとわかる。

「お前が朱美か」

はい、と朱美は軽く頭を下げた。

「道之助を使って、何をする気だ。お前も淡雲肩衝を狙っていて、俺たちの横から掠め取ろうって肚《はら》か」

あらまあ、と朱美は袖を口に当てた。

「天下の嵐丸さんから掠め取るなんて、そんな。私は道之助さんに、しっかりおやんなさい、と励ましをかけただけですよ」

「励ました、だと。笑わせるな」

ふふふ、と朱美は妖艶に笑う。

「そりゃあ、あれだけの品ですから、少しは分け前をいただけると有難いですけどね」

朱美は嵐丸の方に、にじり寄った。

「道之助さんだけじゃ、頼りないですもの。やっぱり嵐丸さんは、面構えからして違う。お近付きになれたのも何かの縁。嬉しゅうございますわ」

朱美はすっと手を上げ、嵐丸の頬に触れた。妙な気分だった。何だか体が重くなったような気がしたが、そのくせ気分はふわふわ、浮いているようだ。

気が付くと、朱美は小袖の合わせ目を緩めていた。白い肌と、豊かな胸の谷間が嵐丸の目に入る。

「さあ、もっとこちらに。お楽にして下さいな」

耳元で朱美が囁く。嵐丸は、動けなかった。小袖が朱美の肩から落ち、胸元から腰までが露わになる。朱美は両の腕を、嵐丸の首に回した。

「さあ、こちらへ。力を抜いて」

朱美が頬を擦り寄せる。嵐丸は、抗えぬまま手を朱美の背に回した。

「何やってんだ、この馬鹿！」

いきなり小屋の戸が吹っ飛び、嵐丸は横っ腹を思い切り蹴飛ばされた。朱美が飛びのく。いったい何だ、と腹を押さえて蹴られた方を向くと、麻耶が鬼の形相で見下ろしていた。

「ああ、これはその……」

言いかけたが、呂律《ろれつ》が回らない。黙れと麻耶は言って、朱美の前に仁王立ちになった。

「この女狐め。道之助は使えないと見切って、嵐丸に乗り換えるってか」

朱美はいつの間にか小袖を着直し、立ち上がっていた。睨みつける麻耶に、不敵な笑みを返す。

「あらあら、可愛い顔してずいぶんおっかない人ねえ」

ふざけんな、と麻耶が踏み出した途端、朱美はさっと背を向け、裏手の板壁を破って飛び出した。そこだけ、壁を弱くしてあったらしい。麻耶は追おうとしたが、破れ目から出しかけた顔をのけ反るように引っ込めた。次の瞬間、板壁に何かが突き刺さった。くそっ、と吐き捨てた麻耶が再び顔を突き出した時には、朱美の姿は消えていた。

「お、おう、麻耶か」

嵐丸は、自分でも情けなくなるような覚束ない声を出した。頭が重い。麻耶は振り返って嵐丸の前に膝をつくと、胸ぐらを掴んで左右の頰を平手で引っぱたいた。

「しっかりしろ！　あんな女にうまく手玉に取られて、格好の悪い」

麻耶は嵐丸の着物を掴んだまま、引っ張り上げて立たせた。

「さっさと出なきゃ。薬を使われたの、わかんない？」

言われて初めて気付いた。小屋の中には、香のようなものが焚《た》き込められている。匂いが薄くて気付けなかったが、媚薬か何かだろう。してやられた、と嵐丸は唇を嚙んだ。

小屋から出て大きく息を吸うと、頭がはっきりしてきた。麻耶はまだ、怒っている。

「まったく、嵐丸ともあろう者が。あっさりあの女の術中に嵌められるなんて、あたしが来なきゃどうなってたのよ」

「いやその、面目ない」

あいつを押さえて、何を企んでるのか吐かせようと思ったんだが、と嵐丸は頭を掻いた。

「それが逆に、取り込まれそうになったたっての？　ああもう、いい女と見ればすぐ脇が甘くなるんだから」

麻耶の機嫌は、収まる気配がない。嵐丸は言い返すこともできず、首を竦めた。だが、ここまでしつこいと勘繰ってしまう。見れば麻耶は、ずいぶん口惜しそうな顔をしているじゃないか。

「お前、もしかして妬《や》いてるのか」

一瞬、麻耶はぽかんとした。そして、血が上ったように真っ赤になると、嵐丸の腹に拳を叩き込んだ。手加減も何もなかったので、嵐丸は体を二つに折った。口は災いの元だ。

少し待って、麻耶の怒りが落ち着いてから、嵐丸は聞いた。

「お前、道之助に張り付いてたんじゃなかったのか」

「そうだけど、芳屋に入った後すぐ、道之助が遠目にあの女の後ろ姿を見つけたのよ。どうしようかと思ったけど、道之助は放っておいてもあんまり害はないし、やっぱり女の方が気になるじゃない。で、じっとしてろと言いつけてから尾けることにしたのよ」

まったく、尾けて良かったわ、と麻耶はまた嵐丸を睨んだ。嵐丸は慌てて目を逸らしたが、すぐ真顔になって小屋の壁の破れ目に歩み寄った。そこには、朱美が麻耶に向かって投げたものが刺さったままになっている。嵐丸はそれを摑み、引き抜いた。抜いたものを、改めてじっと見る。顔が強張った。

「どうしたのよ」

訝しんだ麻耶が、脇に来て尋ねた。嵐丸は指でその品を叩いて、言った。

「手裏剣だ。こいつは、初めに宗順を尾けて武部の屋敷に行った時、俺が投げつけられたのと同じものだ」

えっ、と麻耶は目を見張った。

「あの朱美って女は、やっぱり忍びなのね。いったい誰の……」

手先なのか、と麻耶は言いかけたが、嵐丸は答えずに、手にした手裏剣をただ見つめていた。

七

芳屋に行ってみると、麻耶が言った通り、道之助は部屋でおとなしくしていた。

「やあ、言いつけ通りにじっとしてたぜ。そっちは何かあったかい」

腹が立つほどのんびりした言い方だ。嵐丸は道之助の前にどっかと座って、睨み据えた。道之助が、どぎまぎする。

「な、何だよ兄貴」

「朱美って女、何者だ」

道之助は、「はァ？」と困惑顔になる。

「言ったじゃないか。前の女だって」

嵐丸は手を伸ばして道之助の小袖の襟を摑み、ぐいっと捻った。まだ日も高いので、幸い他の客は出払っていて、多少物音を立てても聞いている者はいない。

「あの女、ただの盗人じゃねえ。忍びの心得がある。手裏剣まで使いやがった。一度は俺を狙ったたし、色香で抱き込もうとまでしやがった」

「えっ。色香でって、兄貴、朱美を抱いたのかい」

この一言で逆上しそうになるのを堪え、嵐丸は襟を摑んだ手にさらに力を加えて締め上げた。道之助は呻き、手足をばたつかせた。

「く、苦しい。やめてくれ」

「もう一度聞く。朱美の本当の素性は何だ。どこの手の者だ」

声に凄味を利かせた。これでも駄目なら麻耶に鎧通しを出させるつもりだったが、そこまでは必要なかった。

「わ、わかった。知ってることを話す」

喘ぎながら道之助が言ったので、嵐丸は手の力を緩めた。道之助が、ぜいぜいと息を継ぐ。

「そうだよ。前から知ってる女じゃない。昨日、一乗谷に戻った時に捕まったんだ」

道之助が一乗谷に戻ったのは、嵐丸と麻耶にほんの少し遅れて、だった。かなり急ぎはしたが、うっかり追い越して嵐丸たちに見つかってしまうのを恐れ、だいぶ気遣いながらの道中だったようだ。どうにか首尾よく一乗谷に着き、ほっとしていたところ、突然朱美に声を掛けられた。

「初めは遊女の客引きかと思ったんだが、どうも遊女にしちゃ身のこなしが鋭い。怪しい奴だなと用心はしたんだが」

何せあの色香だろ、と道之助は同意を求めるように嵐丸を上目で見る。嵐丸は苛立って、さっさと先を言え、と凄んだ。

「あ、ああ、済まねえ。で、このちょっと先の山裾にある小屋に誘い込まれてよ。そこで、何だかいい気分にさせられちまって、ついその」

「あいつと寝ちまった、ってことか」

道之助も、嵐丸と同様に薬を使われたようだ。

「そ、そうなんだ。それで逃げられなくなっちまって」

道之助は情けなさそうに、一度捕まると逃げられない、蛇みたいな女なんだ、と言った。

「で、ことが済んでから、自分の頼みを聞いてくれって」

その時はすっかり取り込まれ、何を言われても断る気は起きなかったそうだ。これも薬の効果だろう。

「朱美はあんたに、何をさせようとしたの」

「わかるだろ。淡雲肩衝を金木屋から盗み出したら、あんたたちを撒いて自分のところに持って来い、ってわけさ」

「ふん。で、お前は言う通りにする気だったんだな」

道之助は済まなそうに頭を垂れた。

「色香だけじゃなくって、分け前一千貫くれるって話もされてよぉ」

嵐丸たちはその半分もやるつもりはなかったから、道之助としてはいい話に思えたのだろう。単純な奴だ。

「で、その後、一緒に金木屋の見える所まで行って、細かい段取りを決めたんだ。どこからどう逃げて、どこで落ち合う、とかな」

「そこをあたしに見られた、ってわけか」

麻耶が言った。そうなんだよ、と道之助はがっくりする。

「それから後、朱美には会ってねえんだが」

道之助は、ちらちら嵐丸の顔を窺っている。自分が袖にされたらしいと、気付いたのだろう。

「ふん。そこから先はわかる。朱美は麻耶に尾けられてるのに気付き、自分と道之助の繋がりもばれたと悟った。となれば、道之助に俺たちを裏切らせようとしていることも勘付かれただろう。そこで朱美は、俺を直に取り込むことにしたんだ。うまく行けば、淡雲を手に入れるにはその方が確実だからな」

「その場合は、道之助とあたしが袖にされて、嵐丸と朱美がしっぽり深い仲に、ってことになるわけね」

麻耶があてつけがましく言った。嵐丸は知らん顔をする。

「しかし、だ。朱美はただの盗人じゃない。誰の指図で動いているのか、何も匂わせなかったのか」

「いや、そいつは全然」

道之助は大きくかぶりを振った。まあ、朱美が本物の乱波《らっぱ》の類いなら、道之助なんぞに正体を見破られることはあるまい。

「淡雲を横取りしたいどこかの大名、かな」

麻耶が推測を述べた。確かに、淡雲を欲しがりそうな大名は幾人もいる。だが、宗順が淡雲を朝倉家に持ち込んだことを、そいつはどうして知ったのか。

嵐丸は考えた。朱美は淡雲の噂が広まりつつあった時、そうした大名から淡雲を手に入れろと命を受け、いろいろ探った結果、宗順に行き着いたのかもしれない。それから横取りの策を練ったとすれば、一応の筋は通る。

（誰だろう。三好長慶《みよしながよし》か。六角承禎《ろっかくじょうてい》か。毛利《もうり》か武田《たけだ》か。或いは、将軍家直臣の誰か、とも考えられるが……）

そこでやめた。相手が多過ぎて、まとまらない。

「でも、道之助の抱き込みも、あんたを籠絡することも失敗したわけだから、朱美は自分で直に淡雲を狙ってくるかもよ」

麻耶は「あんたを」というところを、殊更強く言った。嵐丸はその嫌味を聞き流したが、朱美の動きは確かに懸念されるところだ。

「あいつはなかなかの手練れだ。だいぶ用心してかからないとな」

こいつを捨て石にする手でも考えておくか、と嵐丸は横目で道之助を見ながら思った。

そこで突然、麻耶の顔色が変わった。厳しくなった目付きを、嵐丸に向ける。嵐丸はすぐに察した。続けて麻耶の目が、上に動いた。屋根、ないし天井に何かある、ということだ。道之助の様子を見たが、こちらは何も気付いていないようだ。

「よし、もう一度金木屋に行ってみるか」

嵐丸は麻耶に向かって言った。天井に誰か潜んでいるなら、それに聞かせるための台詞だ、と麻耶にはわかったはずだ。「そうね」と頷き、腰を上げた。

「え、また金木屋かい」

道之助は、意外そうに言った。

「ああ。あそこの外では、侍が二人、様子を窺ってやがる。どうも宗順の手の者じゃあ、なさそうだ。まだいるのか確かめて、いるなら帰りまで待って尾けてみる」

そうなのか、と道之助は首を捻った。

「次々にいろんなのが出て来るんだな」

お前が言うか、と嵐丸は道之助の頭を小突いた。

三人は揃って、裏口から外に出た。別に表から堂々と出ても良かったのだが、人目に付かない側から出て、天井にいた奴の動きを誘う、という肚であった。

麻耶が先に立って、路地を歩き出した。道之助を間に挟んで、嵐丸が殿《しんがり》につく。屋根の方からの気配は、今のところ感じられない。心配のし過ぎだったか、と思いかけた。

その時、ようやく気配を感じた。気配、というより殺気だ。考えるより体が先に動き、嵐丸は前にいる道之助を突き飛ばして、地面に転がった。

「何……」

道之助は驚きの声を上げたが、それ以上言葉を出す前に、横の板壁に手裏剣が二本、突き刺さった。倒れ込まなければ、間違いなく道之助の首筋と背中に食い込んでいたはずだ。

麻耶が、隣家の屋根に飛んだ。顔を上げかけた道之助は、びくっと頭を反らせた。そのほんの一寸横を、次の手裏剣が掠めていった。嵐丸は道之助を、隣家との間の溝に叩き込んだ。そこなら、真上に来ないと手裏剣では狙えない。

「頭を上げるんじゃないぞ」

嵐丸は道之助に怒鳴って、芳屋の屋根に駆け上がった。周りの屋根は、全てが同じような、石を並べて載せた板葺きだ。路地を挟んだ向こう側の屋根に、麻耶がいる。その顔の向いた先、四軒目の屋根から、反対側に消える人影がちらっと見えた。一瞬、薄桃色が舞ったような気がした。

「朱美だな」

ええ、と麻耶は頷く。

「追っても間に合わない。あいつ、天井裏に入ってあたしたちの話を聞いてたんだ」

「しばらく気付きもしなかったぜ。侮れないな、あの女」

麻耶は、気に食わないとばかりに鼻を鳴らした。

「道之助は、どうなったの」

「大丈夫だ。そこで潰れてるが、怪我はない」

嵐丸はすぐ下の溝を指した。泥まみれの道之助が、呆然とこちらを見上げている。

麻耶と嵐丸は屋根から下り、手を貸して道之助を溝から引き上げてやった。

「い……今のは何だ。朱美か」

荒い息をつきながら、道之助が言った。すっかり青ざめている。

「そうだ。お前、よっぽどあの女に嫌われたらしいな」

嵐丸は、板壁に刺さった手裏剣を指した。道之助は、身震いした。

「脅し……か？」

「いいや。まともにお前を狙ってた。確実に仕留める気だったな」

「そんな……なんで」

道之助は、まさかという顔で手裏剣を見つめた。

「なんで、はこっちの台詞よ」

麻耶が腕組みして、言った。

「あんた、朱美に殺される理由、わかってんじゃないの」

えっ、と道之助は目を剝く。

「いや、そんなこと言われても。昨日初めて関わっただけの女に、そこまで」

「与太はもういい」

嵐丸はぴしゃりと言った。

「お前と朱美は、昨日からの間柄じゃあるまい。もっとずっと、前からだろ」

道之助は当惑を見せた。

「何でそんな風に思うんだ」

「薬だよ」

嵐丸は言った。

「お前は、薬に詳しいわけじゃないな。塩津でちゃんと眠り薬は使っていたが、自分で薬を扱えるなら、朱美が小屋で焚き込めていた媚薬に気付かないはずはない。寧《むし》ろ、薬使いは朱美の技で、あの眠り薬も朱美が作ってお前に渡したんだと考えれば、得心がいく」

道之助の顔が歪んだ。それから、仕方ないなと大きく溜息をついた。

「わかったよ。部屋に戻って話そう」

道之助は諦め口調で言うと、自分から先に芳屋に入った。

三人は芳屋の部屋で、改めて座り直した。道之助は泥だらけの着物を洗い桶に突っ込んだので、下帯一つの情けない格好だった。嵐丸と麻耶は道之助を挟み込み、少しでも逃げる動きを見せたら、容赦しないという構えだ。道之助にもそれは良く分かっているはずで、降参したように体の力を抜いていた。

「朱美に捕まったのは、金木屋であんたらに出くわす前だ。向こうから声を掛けてきた。遊女の誘いだと思っちまって、つい乗っかったのが運の尽きだ」

何せあの通り、いい女だからな、と道之助は自嘲するように言った。

「体と金で、絡め取られたか」

「ああ。その辺はさっき話した通りで、薬にやられちまった。先月から一乗谷に入って、盗み働きを始めてたんだが、それを朱美の奴に見られてたようだ」

宗順と淡雲肩衝のことは、朱美から聞かされたという。

「正直、淡雲なんて知らなかった。聞けば、とんでもない値打ち物だってぇ話じゃねえか」

「噂が広まったのは、ここ幾月かのことだからな。ずっと埋もれてたらしい」

なるほどね、と道之助が呟く。

「で、あんたは朱美に言われて淡雲を盗み出そうとしたわけ？」

「いや、それがそうじゃねえんだ」

え？　と麻耶は怪訝な顔をした。

「盗むんじゃなかったの？」

「まあ最後に頂戴する気だったのかもしれんが、俺に言ったのは、淡雲を狙ってくる奴がいたら、何者か確かめてそのまま張り付け、ってことだ」

「張り付け、だと？」

嵐丸はいささか面喰らった。つまり朱美は、淡雲を守る側だったのか。

「張り付くだけで、始末しろとは言われなかったんだな」

「ああ。どこのどいつかわかればいい、と。そいつらを片付けるかどうかは、素性を聞いてから朱美が決める、ってとこだな」

その時に、必要なら使えと眠り薬も渡されたそうだ。

「随分偉そうな女だね。あんた、顎で使われたわけだ」

麻耶が不快そうに言った。朱美のことが、どうにも気に食わないようだ。道之助は、面目なさそうに「そうだな」と嘆息した。

「じゃあ、お前は金木屋を外から張ってるだけで良かったんじゃないか。俺たちに見つかった時、どうして中まで潜り込んでたんだ」

ああ、それな、と道之助は頭を掻いた。

「勝手なことをしたら朝倉家の連中に密告してお前を追わせる、とは言われてたが、さすがに何もかも言いなりってのは、癪《しゃく》だからな。淡雲ってのがどんな代物かだけでも、この目で確かめておきたかったんだよ」

盗人の性《さが》って奴かな、と道之助は笑った。

「ところが、淡雲はまだ届いてなかった。しかも運悪く、あんたらに出くわしちまった」

「しかし淡雲を狙う奴に張り付け、って朱美の指図からすると、好都合でもあったわけだ」

嵐丸が言うと、道之助もその通りだと認めた。

「剛十郎のことも、朱美から聞いてたのか」

「いや、あれは俺自身の摑んでたことだ。商売上、宗順については前々からいろいろと調べておいたからな」

空振りだったけどね、と麻耶が言ったので、道之助は「まあな」と嫌な顔で唸った。

「けどあんたにそんなことをやらせて、朱美はその間に何やってたんだろ」

麻耶は首を傾げた。決まってるだろ、と嵐丸は言った。

「武部を見張ってたんだ」

あ、そうかと麻耶は手を叩いた。

「あんたが武部の屋敷を覗きに行ったら、あいつに襲われたんだっけ」

てことは、武部を見張る方が淡雲を見張るより大事だったんだ、と麻耶は続けた。

「でも、どうして。武部を守ろうとしてたのかな」

「だったら、武部があっさり殺されたのはおかしい。逆じゃないか。武部が妙な動きをしたら、始末するつもりだったんだろう」

うんうん、と麻耶は頷いた。

「朱美が武部を殺った、ってことか。それなら得心が行くね。でも、妙な動きってのは？」

「それはわからん」

嵐丸は正直に認め、改めて道之助に問うた。

「さっき、襲われる前にこの部屋でお前が話したことは、あらかじめ朱美と打ち合わせてあったことか」

「ああ、その通りだ。もし疑われたら、あんな風に言っとけってな。済まねえ」

朱美はあくまで自分を、淡雲を狙う盗人だと思わせたかったのだ。だから打ち合わせ通りの話が済んだ、と見切ったところで、道之助がそれ以上余計なことを言わないよう、始末しようとしたわけだ。

「もしうまく俺を取り込めていたら、そこでお前は要らなくなるから、やっぱり消されてたろうな。朱美に関わった時点で、お前の命は風前の灯火《ともしび》だったんだ」

だよなあ、と道之助は肩を落とした。

「いい女ほど、気を付けなきゃいけねえよな」

ちらりと麻耶を見て言う。一緒にするな、と麻耶はすかさず道之助の頭をはたいた。

「おい道之助、朱美が本当は誰に動かされているのか、見当はつかなかったのか」

「そいつは無理だ。俺なんぞに尻尾を摑ませるような女じゃねえよ」

ごもっとも、と麻耶が皮肉っぽく頷いた。

「何か言葉の端にでも出なかったのか。よく思い出せ」

嵐丸が迫ると、道之助は腕組みし、懸命に考え込む風であった。

「いや……強いて挙げるなら、だが」

しばらく経ってから道之助は、首を振りつつ言った。

「明智十兵衛が金木屋に来なかったか、ってことを聞かれた」

「明智十兵衛？」

誰それ、と麻耶が嵐丸の方に訝し気な顔を向けた。

「美濃から来た、朝倉家の客分だ。武部が殺された後、様子を見に来ていた」

嵐丸は、何故あの時明智に興味を引かれたか、を思い出してみた。随分前のことの気がするが、あれは今朝の話だったのだ。明智は特に変わった振る舞いをしていたわけではない。だが、出入りしていた侍たちの中で、彼だけが当惑を見せず、厳しい顔をしていた。今から思えば、彼だけは武部が殺された事情に、心当たりがあったのではないか。

「ねえ、どうする。今夜、やるの」

麻耶が外を示して、聞いた。気が付けば、もう日はだいぶ傾き、山の端《やまは》にかかろうとしていた。

「いや……明日だな」

今夜盗みに入るのは、やはり危ない気がした。朱美がどこから出て来るかわからず、その狙いもはっきりしない。もう少し情勢を、見極める必要があると思った。

「わかった」

麻耶も同様に考えていたようで、素直に承知した。

「俺は……」

道之助は心配げな顔になった。放り出されたら、すぐにも朱美に殺されると思っているのだろう。嵐丸は道之助の肩を叩いてやった。

「安心しろ。お前も加えてやる。やっぱり眠り薬が必要なんでな」

「そ、そうか。有難《ありがて》ぇ」

道之助は、心底ほっとした様子で言った。

八

その夜は、余計な動きは控えた。道之助を芳屋に一人残すわけにもいかないので、洗ったままで生乾きの小袖を着せ、番頭が商いの話を持って来た、ということにして、嵐丸たちの宿に泊めた。道之助は言われるがままに従った。

宿の周囲を念入りに確かめたが、朱美が来ている気配はなかった。とはいえ、油断はできない。朱美が道之助以外にも、手下を用意していることは考えられたからだ。

朝まで、嵐丸と麻耶が交代で張り番をしたが、何事も起きなかった。宿を襲って騒ぎを起こす気は、向こうにもなかったようだ。道之助は部屋の真ん中に縮こまっていたが、じきに鼾をかき始め、明るくなるまで起きなかった。胆が太いと言うより、鈍感なのかな、と嵐丸は呆れた。

「さて、と。夜までどうする。もう一ぺん、金木屋に行く？」

粥《かゆ》と汁の朝餉を済ませてから、麻耶が聞いた。嵐丸は少し思案する。

「いや、まず明智の方だな。屋敷はわかってるから、ちょいと窺ってみよう」

何を調べる、という当てがあるわけでもないが、明智についてはもう少し知っておきたかった。

「じゃあ、あたしは」

麻耶が聞くのに、嵐丸は道之助を顎で指した。

「取り敢えず、こいつを見張っててくれ。眠り薬の用意だけ、させとけばいい」

道之助は、出歩かずに済むなら助かる、と言って、懐から香炉を出した。

「ちゃんと持って来てるよ。このまま火を入れたら、すぐ使える」

「間違っても、ここで使って逃げようなんて考えるなよ」

嵐丸が釘を刺すと、とんでもない、とばかりに道之助は首をぶんぶん左右に振った。

「あんたらと一緒の方が、まだ安心だ」

「だろうな」

嵐丸はニヤッと笑い、商人姿で宿を出た。


明智の屋敷は、表通りからだいぶ引っ込んでいるので、前まで行って様子を窺うのは、目立ち過ぎた。それでも、行商に立ち寄ったふりをすれば、門の内には入れるだろう。背負った荷物には、反物が幾つか入っている。

嵐丸はどの屋敷に売り込もうかと考えているふりをして、左右を見ながら通りを折れた。するとちょうど、一人の侍が嵐丸を追い越し、急ぎ足で明智の屋敷に行って、門をくぐった。追い越される時にちらりとその顔を見た嵐丸は、ほう、と眉を上げた。侍は、昨日金木屋を窺っていたうちの一人に違いなかった。堂々とうろついていた方ではなく、隠れていた方だ。

嵐丸は小走りに明智の屋敷に近付き、さりげなく門の中を覗いた。母屋の縁先で、今入った侍と明智が、立ち話をしていた。侍の態度からすると、彼は明智の配下であるようだ。ならば、金木屋を見張っていたのは明智の指図だったのだろう。これは面白い。

嵐丸は行商人として入るのをやめ、川べりまで行って木の陰から様子を窺った。間もなく明智が門から出て来た。正装の直垂《ひたたれ》姿だ。朝倉館に出仕するのだろう、と思われた。嵐丸は、どうしようかと思ったが、一応、尾けてみることにした。

明智は表通りに出ると、そこでは曲がらず、通りを越えて先の方へ向かった。朝倉館に行くなら左へ進み、さらに左に曲がって橋を渡らなくてはならない。これは尾けて良かったかもしれない。

明智はそのまま山の方に向かい、突き当りを右に折れた。その角まで走って先を窺うと、明智は寺の山門をくぐるところだった。一呼吸置いて駆け寄り、山門の脇の石柱を確かめる。耕隆寺《こうりゆうじ》、とあった。嵐丸が山門の陰から首を出すと、住職らしいのに迎えられて明智が本堂に入る後ろ姿が見えた。

境内には、他に人影はなかった。嵐丸は背負っていた荷物を石燈籠の後ろに隠し、小走りに境内を横切って本堂の床下に潜った。

床上に人の気配を捉えたところで止まり、耳を澄ませた。数人の話し声が聞こえる。一人は、女だ。

「明智様にはいろいろとお気遣いを頂戴し、誠にかたじけのう存じます」

女が言った。恐縮したような、細い声だ。

「何の。武部殿には何かとお世話になりましたゆえ、どうかお気になさらず」

女は武部の妻女であるらしい。ここは武部家の菩提寺なのだろう。話の様子からすると、武部と明智の間にはだいぶ行き来があったらしい。

「それにしても、我が夫は何故にあのようなむごいことになりましたのか」

いかなる賊の仕業でございましょうか、と武部の妻女は辛そうに言った。戦場での斬り合いならば当然に覚悟はしていたろうが、こんな死に様は受け容れ難いのであろう。さあそれは、と明智は応じる。

「大刀ではなく、もっと短いもので一突き、でありましたそうで。恐らくは、忍びの者であろうかと」

御家の庭で、深更《しんこう》とはいえ誰にも気付かれずにやってのけたのですから、とも明智は言った。乱波の類いが一乗谷に何人も跋扈《ばっこ》して、上士を襲うとは思えない。やはり朱美の仕業に間違いあるまい。

「客分に過ぎぬそれがしにできることは多くはございませんが、御屋形様、九郎左衛門《くろうざえもん》様が必ずや、仇を討ってくれましょうぞ」

九郎左衛門とは、朝倉景紀のことだ。はい、と応じて声を詰まらせた様子の妻女に、一息ついてから明智が聞いた。

「正式のご葬儀は、三日後と伺いましたが」

左様でございます、と住職らしい声が答えた。

「やはり九郎左衛門様がこちらへお越しになってから、ということに。九郎左衛門様は明日、一乗谷にお着きになりますが、明後日には御屋形様のために大事な所用があるとのことで、その次の日に。御屋形様にもお参りいただけるようでございまして」

それは誠に有難いことです、と妻女が言った。

「左様でござるか。明後日のことは、段取りの通りにですか」

明智が言った。その言い方には、残念そうな含みがあるように思えた。

「それまで、奥方様は」

「はい。夫の亡骸《なきがら》はこちらに移しましたので、私どもも昨日よりこちらにおります。このまま子らも共に、葬儀まで夫の亡骸を守っておりたいと存じます」

妻女が、また言葉を詰まらせた。誠に殊勝でいらっしゃいます、と住職の声がした。

「では、御屋敷の方は」

「下働きの者を一人残しまして、閉めております」

御不自由はございませんか、と明智は気遣いを見せたが、妻女は礼を述べ、大丈夫、ご心配には及びませんと気丈に答えた。

もう良かろう、と嵐丸は動いた。長居し過ぎて、退出する明智に姿を見られでもしたら、厄介だ。とにかく、ここに来た甲斐あって、大事なことが知れた。住職と明智が口にした御屋形様の所用とは、淡雲肩衝の取引に他ならない。武部が殺されたことで流れが変わるかも、という懸念はあったのだが、予定通りに為されるわけだ。

それともう一つ。武部の屋敷は、昨日から閉められ、留守番の下働きしかいなくなっているのだ。武部が何故殺されたかの手掛かりが、屋敷に残されているかもしれない。すぐにも、探ってみなければ。

本堂の床下から滑り出た嵐丸は、一呼吸で境内を駆け抜け、隠してあった荷物を拾い上げて、何食わぬ顔で通りに出た。表通りは相変わらず多くの人々が行き交い、嵐丸の姿はすぐに紛れた。

武部の屋敷は、聞いた通り門を閉じていた。番をする足軽などは、配されていない。感覚を研ぎ澄ましてみたが、自分の他に屋敷を窺うような者の気配は、感じ取れなかった。裏へ回って土塀越しに見ると、年嵩の下働きの男が庭を掃いていた。

嵐丸は木陰に荷物を置いて、誰もいないのを念入りに確かめると、土塀に駆け寄ってその上に飛んだ。さらに、母屋の屋根へ。下働きの頭の上を越えたが、真昼間というのに下働きは全く気付きもしなかった。

十日前に入ったのと同じ、軒下の風通しの格子窓から入った。これで三度目なので、格子を外すのはだいぶ楽になっている。が、何となく手ごたえが緩いような気がした。この前閉じる時、少し雑だったのだろうか。

天井裏を進み、座敷の上で天井板をずらし、そこから畳に下りた。戸は閉め切られているが、隙間から外の明かりが漏れているので、不自由はない。嵐丸は部屋の中を見渡し、文机とその脇にある塗り物の箱をまず見つけた。早速箱を検める。奉書紙と新しい筆が入っているだけで、これというものはなかった。

次は長持を調べた。着物が入っているが、他に何も隠されてはいない。蓋の裏まで調べたものの、隠し物入れのような細工は、一切なかった。葛籠も一つあったが、これも畳んだ小袖と袴が入っているだけだった。鎧櫃《よろいびつ》には、まさしく鎧だけが収まっていた。

しばらく時をかけて厨まで調べたが、鍋釜包丁以外のものはない。竈《かまど》の灰まで掻き回してみたのに、隠されているものなど見つからなかった。

屋敷じゅう探してから、嵐丸は「くそっ」と膝を叩いた。何もない。いや、何もなさ過ぎた。特に、文や覚え書きなど、書物以外に字が書かれたものがない。武家の屋敷で、そんなことは普通、あり得なかった。考えられることは、一つ。

(先を越されちまった)

朱美の仕業だ。朱美がずっとこの屋敷を見張っていたなら、武部の妻女と子らが屋敷を閉めて耕隆寺に移ったことも、知っただろう。昨夜のうちにここに入り、自分の企みに関わるような証しの文などを、根こそぎ持ち去ったのだ。さっき格子窓を外した時、手ごたえが妙だったのは、この前の嵐丸の出入りを見ていた朱美が、同じ場所から入ったからだ。

「くそっ」

嵐丸はもう一度悪態をつき、天井裏に戻ってまた屋根に出た。これだけは辛いと言うべきか、手裏剣が飛んでくるようなことはなかった。

宿に戻り、この話をすると、麻耶は苛立ちを見せた。

「朱美の奴にしてやられた、っての？　あのアマめ」

ひとしきりののしってから、麻耶は首を捻る。

「朱美が持ってったものには、何が書いてあったんだろ」

「たぶんそれを読めば、何故朱美が武部を殺さなくちゃならなかったか、わかるはずだ。逆に言うと、それが読めなきゃ見当がつかん」

嵐丸は降参するように両手を広げた。そこで道之助が口を出した。

「なあ、誰かを始末するってのは、要するにそいつが邪魔になったからだろ。朱美がそもそも何をする気でこの一乗谷に来てるのか、ってのがわかれば」

「だからそれがわからん、と言ってるんだ」

朱美に使われてたお前が、一番それを知り易い立場じゃなかったのか、と嵐丸に言われ、道之助は首を竦めた。

「もともとのところを、考えてみようよ」

麻耶が言った。

「要は淡雲肩衝の売り買いでしょ。朱美は淡雲を奪いたいのか、取引を無事に終わらせたいのか、全部ぶちこわしにしたいのか、どれなのよ」

どれって言われても、と嵐丸は眉根を寄せる。

「ぶちこわしに、はないだろう。そんなことをしても、朱美に利得はあるまい」

「朱美の雇い主には、あるのかも」

「だとすれば、こういろいろと面倒な手を使わなくても、ここまでの道中で宗順を始末すりゃ、一発でカタがつく。腕利きの牢人が守ってたとしても、あいつなら皆殺しにできたんじゃないか」

「じゃあ、やっぱり淡雲を奪うんじゃ」

「そうすると、道之助にあんな指図をした理由がわからん。朱美ほどの手練れなら、道之助に手伝わせて淡雲を盗み出す機会は、これまでにもあったはずだ」

そうだよ、と道之助も頷いた。

「兄貴の言う通りだ。淡雲に近付く奴を見張る暇に、さっさと頂戴すりゃいい。それに、武部を殺したことの意味がわかんねえ」

「じゃあ、取引を無事に終わらせたいってことになるが、だとすると、朱美は宗順か朝倉家の手先なのか？」

うーんと麻耶は唸った。

「なんか、しっくりこないね」

それにだ、と嵐丸は言った。

「武部を殺したってことは、武部が取引の邪魔だったわけだろ。しかし、宗順からの淡雲の話を取り次いだのは、武部だ。どうにも矛盾してるじゃないか」

「景紀が淡雲の買い取りを承知したので、用済みになった、ってことかな」

道之助が言った。馬鹿馬鹿しい、と嵐丸は笑った。

「用済みになったからって、殺す必要があるか。変に波風を立てたら、却って取引の妨げになる」

まあ幸いと言うか、耕隆寺で聞いた限りでは、取引に支障が出ることはなさそうだが。

「やれやれ、堂々巡りになってきたね」

麻耶が天井を仰いで嘆息した。それから、念を押すように言う。

「でも、今夜、やるんだよね」

「ああ。早ければ明日、遅くとも明後日には景紀に引き渡される。景紀の屋敷に持ち込まれて警護を付けられたら、一からやり直しだ。朝倉の御屋形にお披露目された後なら、もっと面倒になる」

わかった、と麻耶は笑みを見せた。

「朝倉景紀がもっと早く敦賀から出て来てたら、こっちも余裕がなかったよね。その点は助かったわけだけど」

「敦賀は若狭《わかさ》に対する抑えだからな。ほいほいと出て来るわけにもいかないんだろ」

「敦賀奉行の御役目は、ちょっと前に倅に譲った、って聞いたが」

道之助が言った。隠居の身なら、もっと軽く動けるんじゃないかと思ったようだ。

「名目上の奉行職は譲っても、実際の差配はまだ景紀が全部やってるらしい。だから、若狭の具合をよく見極めて備えを打ってからでないと、急には動き難いのさ」

「へえ。さすが兄貴は、いろんなところをよく見てるんだな」

道之助は嵐丸を持ち上げてから、少し心配顔になった。

「しかし今晩金木屋へ入るのは、朱美にもわかってるんじゃないか。きっと邪魔しに来るぜ」

わかってる、と嵐丸と麻耶は応じた。

「その時はあたしが、あの女を殺す」

麻耶の目付きが冷たいものになり、道之助は身を震わせて少し引いた。

九

一乗谷に夜の帳が降り、嵐丸たち三人は忍び装束に着替えて、こっそり宿を出た。

人気のなくなった通りを駆け、金木屋が見えたところで、隣家の屋根に飛び上がった。屋根板の押さえに置いてある石を避けて素早く足を運び、周りよりひと際大きな金木屋の屋根に飛び移る。この前侵入したのと同じ箇所の屋根板を剝がし、嵐丸と道之助が天井裏に入った。麻耶は朱美の襲来に備え、屋根に残った。

梁を伝って、宗順が寝ているはずの奥座敷に向かう。覚えのある天井板を見つけ、そっと滑らせた。人が寝ている気配がある。間違いはなさそうだ。

隣室の天井に移った。そこは空のようだ。淡雲の箱が置いてあるはずの、さらに奥側の部屋に進む。下に、気配があった。二人分の息遣いがする。やはりあの牢人が、不寝番を続けているのだ。ここに着いてからは、昼間は寝て夜は淡雲の番、というのを続けているのだろう。ご苦労なことだ。

嵐丸は、後ろにいる道之助の腕を軽く叩いた。道之助が懐から香炉を出し、口元を覆えと合図を寄越した。忍び装束の覆面はしているが、薬を吸い込まないよう隙間を押さえた。道之助は香炉に火を入れ、天井板を僅かに開けると、紐で香炉をゆっくりと下ろした。そのまましばらく待つ。やがて、下から寝息が聞こえてきた。

「うまくいったぜ」

道之助が囁いた。もう少し待って、眠り薬の残り香が散ってしまったら、部屋に下りて淡雲を持ち出す。ここまで来れば、後は難しくない。

待つ間、嵐丸は思った。武部には気の毒だが、奴が殺されたことで宗順が及び腰になるようなことがなくて、良かった。だいたいが、武部を介し、さらに景紀を介して朝倉本家へ、なんて面倒な手順を踏むから、余計なことが起きるのだ。その分、こちらが付け入る隙もできたのは有難いが、宗順ほどの商人なら、朝倉本家の直臣に持ちかけて、直に御屋形様である朝倉義景に淡雲を引き渡せば、手っ取り早いのに。

そこで、ふいに頭の中を何かが走った。そうだ。何故、宗順は武部を介した？　それ以前に、何故宗順は朝倉家を選んだ？　淡雲肩衝ほどの逸品なら、越前まで出張らなくとも、畿内で足利将軍家や三好長慶など、買い手は幾人もいたはずだ。それなのに、三千貫でも売れそうな淡雲を、何故千五百貫で？　いや、そもそも、長年行方がわからなかった淡雲が……。

「屋根に戻れ」

嵐丸は道之助に、小声で、しかし断固とした声音で告げた。道之助が仰天する気配がした。

「え、ここに来て、何で」

どうして自分を外すんだ、と道之助は嚙みつこうとした。が、嵐丸はそれを抑えて囁いた。

「考えがある。このまま盗むのは拙《まず》いかもしれん」

どういうことだよ、と道之助は食い下がろうとした。だが、今ここで説明している暇はない。とにかく麻耶のところに戻って待て、と繰り返した。道之助は迷っていたが、ここでは騒げないと諦めたか、香炉を懐に戻し、天井裏を這って戻って行った。


一人になった嵐丸は、宗順の寝ている座敷の方に移った。そこで天井板を外し、ひらりと畳に下りた。宗順は気付かぬまま、眠っている。

嵐丸は懐から灯具を出し、灯を灯した。宗順の寝顔が、浮かび上がる。こうして寝ていれば害のない、ただの好々爺に見えるが、そうでないことを嵐丸は充分に知っていた。

「起きろ」

嵐丸は宗順の肩を揺すぶった。宗順は何事か唸って、薄目を開けた。

「何や……まだ暗いぞ……」

ぶつぶつ呟いてから、嵐丸に気付き、宗順は目を剝いた。その口を手で押さえ、起こしかけた頭を枕に押し付けた。それから耳元に口を寄せる。

「大声を出すな。隣の牢人は薬で眠らせた。騒げば、金木屋の者が起き出す前にお前は死ぬことになる」

宗順は嵐丸の方を見て、ただの脅しではないと悟ったか、押さえ込まれたままどうにか頷いた。嵐丸は慎重に、口を塞いでいた手を離した。さすがに宗順は、叫んだりはしなかった。

「お前は誰や。盗人か」

宗順が嵐丸の顔を見て、言った。嵐丸は覆面を下ろした。敢えて顔を見せたのは、思惑があったからだ。

「盗人だが、ただの盗人じゃあない」

宗順は訝しむ様子をしてから、得心したように目を見張った。

「噂に聞いたことがある。お前、嵐丸とかいう盗人か」

「ほう。ご存じとは光栄の至りだ」

ニヤリと笑ってやると、宗順は唇を歪めた。

「淡雲肩衝を狙って来たんか。なら、なんでさっさと持って行かんのや」

「持って行くつもりだったが、やめた。どうしてかは、あんたなら見当がつくだろ」

宗順の眉が上がった。

「どういうことや」

さあ、ここからが勝負だ、と嵐丸は気を引き締める。自分の見立てが正しいかどうか、はっきりさせるのだ。

「とぼけなさんな。あの淡雲、贋物だろ」

一瞬、宗順の顔が強張った。が、すぐにせせら笑いに変わった。

「何を言うとる。贋物は確かにあったが、塩津で盗まれた。あれはお前がやったことやろ」

「ああ。だが、ここにあるのも贋物だ。塩津で掴まされた、囮の安物じゃない。何せ、朝倉家を欺こうってほどの代物だからな」

宗順の笑いが消えた。

「朝倉様を欺くやと」

「そうだ。お前ほどの商人なら、朝倉本家の直臣に取り次ぎを頼むことぐらい、できたはずだ。それをわざわざ、武部のような陪臣を使った。武部なら、朝倉本家の者ほど茶の道に詳しくはない。淡雲のことを吹き込めば、あまり調べもせずに朝倉景紀の耳に入れると踏んだからだ」

「ふん。朝倉九郎左衛門様に話が行くようにしたのも、儂《わし》の企みだと言う気か」

「そうだ。景紀はさすがにある程度目が利く。だが、若狭の抑えという事情があるので、すぐに敦賀から出て来るわけにいかない。だが、御屋形様は淡雲のことを耳にし、一刻も早く手にしたいと思うだろう。結果、景紀の手元に置いてゆっくり吟味している暇はなくなる。敦賀から来てすぐに買い取りを行い、間をおかずに御屋形様に献上する、とならざるを得ん。つまり、贋物がそのまま御屋形様の手元に行く、ということになる。そこまで行ってしまえば、贋物とばれても朝倉家の大恥になっちまうから表沙汰にできん。あんたは丸儲けってわけさ」

そこまで聞いて、宗順は嵐丸を睨んだ。が、どこか面白がるような感があった。

「ほほう。なかなかよう考えたもんやな」

「もっと言ってやろう。淡雲肩衝は、噂じゃ三千貫の値打ちがあるってことだ。だがお前さんは、それを千五百貫で売るって話じゃないか。何でそんな安売りをする。朝倉家ですんなり出せるのが幾らくらいか、算盤を弾いて持ちかけたんだろう」

「まるで儂が、どうしても朝倉家に売りたがってるみたいやな」

「淡雲なら、将軍家でも三好家でも売れる。だが、その連中の周りには、茶の道に詳しい目利きが揃ってる。堺の会合衆とも交わりがあるから、簡単には騙せない。その点、朝倉家は茶の湯に凝り始めて、風雅にもかなり力を入れているが、やはり田舎での上がった大名だ。今じゃ守護と同じ家格を頂戴してるとはいえ、つけ込む隙はある、と見たんだろう」

「盗人にしては、なかなかの読みやな」

宗順は褒《ほ》めたような言い方をした。本気で感心しているとは思えないが。

「こっちも、いろいろ知ってないと商売に障るんでな」

嵐丸は受け流したが、それでも並みの盗人とは違う、という思いはあった。

「だいたい、今まで長いこと行方がわからなかった淡雲がいきなり出て来て、すぐに売りたいって話だ。お披露目もなしで、淡雲をじっくり見た者は誰もいない。ちょっと出来過ぎてるんじゃないか」

駄目を押すように言って、嵐丸はぐいっと宗順に顔を近付けた。宗順は目を逸らした。が、一呼吸置いてから、くくっと笑った。

「それで、仮に贋物だったらどうだと言うんや。盗むのをやめて、どうする」

まるで開き直ったかのようだ。やっぱり食えない野郎だ、と嵐丸は苦々しく思った。だが、だからこそ使える。

「盗んで、お前と同じように、あまり目の利かなそうな奴に二千貫くらいで売る、って手もある。だが、危ない橋だ。千貫なり二千貫なりをすんなり出せて、しかも贋物だと見抜かれる心配がない、なんて都合のいい奴は、そういない」

「では、どうする」

やはり面白がってやがるな、と嵐丸はむっとしかけた。まあいい。好きに楽しんでろ。

「お前の企みに、一枚嚙ませろ」

宗順は、「はあ？」と目を丸くした。さすがに面喰らったらしい。

「なんで儂が、お前を嚙ませなきゃならん」

「断るなら、お前が贋物を摑ませようとしてると、朝倉家に知らせる」

それは明智十兵衛を使えば、できるだろうと踏んでいた。

「お前は配下の忍びを使って、淡雲の真贋を疑い出した武部を殺した。そう言ってやれば、朝倉家の連中はどうするかな」

宗順の顔色が変わった。

「儂が武部様を殺した、やと。そんな証しがあるんか。いや、淡雲が贋物だという証しも、ないやろ」

「淡雲の方は、その気で調べればいずれ贋物だとわかる。それはあんたもよく承知してるはずだ。俺は、疑いありと言うだけでいい」

武部のことについては、と嵐丸は薄笑いを浮かべて言った。

「証しなんか、要るか。淡雲が贋物とわかれば、誰だってあんたの仕業だと思うさ」

宗順は歯嚙みして、嵐丸を睨み返した。嵐丸の言う通りだと、承知しているのだ。

嵐丸は無言で、どうする、と迫った。

いきなり宗順が、笑い出した。いかにも可笑《おか》しそうに。嵐丸は当惑しかけたが、笑いを収めると、宗順は言った。

「ええやろ。お前さんの勝ちや。で、どうしたいんや」

よし、落ちたか。嵐丸は安堵を胸の内に隠して、告げた。

「分け前として、半分の七百五十貫」

宗順は不満を漏らした。

「半分やと。それは欲深過ぎへんか。ここまでにかけた元手かて、あるんやぞ」

「欲深って、お前が言うか。嫌なら、さっき言った通り朝倉家に話す」

ちっ、と宗順は舌打ちした。

「仕方ない。七百五十、くれてやるわ」

こうとわかっとりゃ、朝倉には二千貫と言うとくんやった、と宗順はぶつぶつ言った。

「それから、景紀に淡雲を引き渡すのは、いつだ」

「明後日や。代金もその時に、受け取る」

「よし。その場に俺と仲間を同席させろ。お前の店の者、とでもしとけ」

宗順は渋面になった。

「何や。儂がお前らを出し抜いて売買せんよう、自分の目で確かめる、ちゅうんか」

「ああ。それまでは、俺と仲間がお前の動きを見張ってるからな。妙な真似は、しない方が身のためだ」

わかっとるわい、と宗順は吐き出すように言った。

「よしよし、さすがは会合衆にも名を連ねる山田宗順だ。話が早い」

嵐丸は満足して、立ち上がった。

「じゃあ、今夜はこれで退散する。朱美にも、話がまとまったとちゃんと伝えとけよ」

それを聞いて、宗順はきょとんとした。

「朱美？　誰や、それは」

嵐丸が屋根に出ると、麻耶と道之助は言われた通り、そこで待っていた。

「何をやってたの。淡雲は」

嵐丸が手ぶらなのを見て、麻耶が責めるように聞いた。嵐丸は、静かに、と手で示して囁いた。

「話は後だ。朱美は」

「襲って来ない。でも、気配は感じる。こっちを窺ってるんだと思う」

気は抜かないで、と麻耶は言った。そうか、と嵐丸は頷く。襲って来ない、ということは、こちらが何をするか見極めようとしているのだ。もし嵐丸が淡雲の箱を持って出て来たら、即座に手裏剣が飛んで来ただろう。

「襲って来ないなら、取り敢えず朱美は放っとけ。段取りが、がらりと変わったぞ」

嵐丸はそれ以上言わずに、隣家の屋根に飛んだ。麻耶と道之助も、困惑したようだがすぐに後を追って、金木屋を離れた。


宿へ帰り、忍び装束を解いた。朱美が追って来た気配はない。

「さあ、どういうことなのか話して」

部屋で座るなり、麻耶が迫った。嵐丸はいきなり本題から言った。

「あの淡雲、贋物だ」

ええっ、と道之助が頓狂な声を上げた。

「何言ってんだ兄貴、贋物は塩津で盗んで、俺が堅田で……」

「あれも贋物、これも贋物だ。まあ金木屋にある方は、ずっと出来のいい贋物だがな」

「嵐丸、それを見て確かめたの」

麻耶が質すと、嵐丸は「いや、見てない」と正直に答えた。

「だが、見るまでもなかった。宗順は贋物だと認めた」

嵐丸は宗順を脅して奴の企みに乗ることにしたと、詳しく話した。麻耶と道之助は、すっかり驚いて目を大きく見開いた。

「何とねぇ。転んでもただでは起きないと言うか、宗順の上前を撥《は》ねようなんて」

すげえな兄貴、と道之助はすっかり恐れ入った態で言った。

「あんまり感心することじゃないでしょ。三千貫の仕事だと思ったのに、七百五十貫に減っちゃったのよ」

麻耶はいかにも残念な様子だ。儲けが四分の一になったのだから、無理もないか。

「そのまま盗み出してたら、一文にもならなかったかもしれないんだ。まあ、良しとしようじゃないか」

宥めるように嵐丸が言うと、麻耶も「そうねえ」と仕方なさそうに呟いた。

「でも、朱美のことは気になるわね。宗順は、本当に朱美とは関わりないの」

麻耶が眉をひそめながら聞いた。うむ、と嵐丸は頷く。

「朱美は宗順の手先か何かで、贋淡雲の取引がうまく終えられるよう、守っていた。だが武部を見張っていたところ、贋物と気付かれたので、口を塞いだ。こう考えれば、朱美の動きは筋が通っていると思ったんだが」

「宗順は、朱美なんか知らないって言ったのね」

「ああ。とぼける理由もないし、あの時の表情からすれば、嘘じゃあるまい」

「そうなると兄貴、朱美ってのはどこの手先だい。朝倉家……じゃないよな」

道之助は、少しばかり混乱してきたようだ。一度は自分も取り込まれたのに、本当は誰の思惑で動かされたのか、見当が付かないのは気味が悪かろう。

「朝倉家の手先なら、武部を殺す理由がない」

「じゃあ、武部を殺したのは、実は朱美じゃなかったとか」

「あり得なくはないが、だったら誰が、って話に戻っちまう。そこまで考えだすと、きりがない」

ああもう、と道之助は頭を抱えた。

「駄目だ。俺の頭じゃついて行けねえ」

まあとにかく、と麻耶が言った。

「朱美は淡雲の取引が無事に終わってほしい、って方向なんでしょ。だったら、宗順と組んだあたしたちには、もう手出しをしてこないんじゃない？」

ああそうか、と道之助は手を叩いた。

「そいつはいい。いつ背中に手裏剣が刺さるかって心配しなくて済むなら、有難いな」

「まずは、景紀との売り買いの場で、ボロを出さないことだ。それだけ、気を付けろよ」

嵐丸は道之助の背中を叩いた。心配要らねえよ、と道之助は笑って請け合った。

十

翌日の午過ぎ、二十騎ほどを従えた朝倉景紀が、一乗谷に到着した。嵐丸は、自分の屋敷に入る景紀を、遠巻きに見ていた。

景紀はもう五十七か八になり、頭はすっかり白くなっている。だが老境に入ったとはいえ、まだ事実上、敦賀郡司の役割を務めているだけあって、背筋はしっかり伸び、衰えた風は見せていなかった。戦だけの武将ではなく、連歌などにも長け、風雅を解する文武両道、と言われている。だからこそ宗順も淡雲を買わせる相手として選び、同時にその確かな目を恐れたのだろう。

景紀は屋敷に入ると、しばらくして直垂に着替えた姿で出て来た。伴が三人ほど付いていたので、嵐丸は距離を置いて尾けてみた。

景紀が向かったのは、耕隆寺だった。武部の弔問であろう。腹心の一人であったらしいから、葬儀に先だって訪れるのは、まず当然と言えた。嵐丸は景紀が本堂に入ったのを見届け、宿に帰ろうとした。

だがその時、もう一人、直垂姿の侍が山門に姿を見せた。明智十兵衛だ。嵐丸はさっと塀の陰に隠れ、明智の背中を目で追った。明智は景紀の伴の者たちに一礼してから、本堂に入った。景紀に会うつもりだろう、と嵐丸は推察した。ならばどんな話をするのか、聞いておきたい。しかし境内には景紀の伴侍たちが目を光らせており、昨日のようにそこを突っ切って本堂の床下に潜るのは、無理だった。屋根からというのも、真昼間ではすぐ見つかってしまう。仕方なく、陰で明智が出て来るのを待った。

半刻ほども待ったかと思う頃、明智が本堂から出て来た。景紀の方はまだ本堂に残るのか、伴侍たちは明智に見送りの礼をしただけで、その場を動かない。嵐丸は少し迷ったものの、明智を尾けることにした。

明智はどこへも寄ることなく、真っ直ぐ屋敷に帰った。それを見届け、嵐丸は屋敷の裏へ回った。こちら側は川の流れの脇なので、気配を消しやすい。嵐丸はひらりと塀を乗り越え、母屋の床下に潜った。

「十兵衛様」

庭先の方から、明智を呼ぶ声がした。伏せて、そちらを窺う。金木屋を見張っていた、あの侍だった。

「九郎左衛門様は、如何なご様子で」

嵐丸の頭の上で、明智がそれに応じた。

「お疲れはないようだ。やはりお年にしては、壮健でおられるな」

「それは重畳ではございますが、武部殿のことにつきましては」

「何者の仕業か、と随分憤っておられたが、お心当たりはないとのことだ」

「と、いたしますと、やはり」

「うむ。景紀殿のご家中の揉め事ではない、となれば、あの淡雲肩衝の絡みしかあるまい」

「は。そのこと、九郎左衛門様はいかに思し召しでしたか」

明智は答えるのに、少し間を置いた。

「淡雲を狙う者が武部を襲った、とは考え難かろう、とのことであった。その場合は、狙うのは山田宗順殿であろうとな」

「それは、言われる通りとは存じますが……」

「そなたが金木屋を見張っていた限りでは、そのような動きはなかったのであろう」

「左様でございます。宗順殿の方にも、おかしな動きはございませんでした」

この男、嵐丸たちや朱美のことには、全く気付けなかったようだ。もっとも、素人の侍に忍び込みを見つかるような嵐丸ではない。

「そう言えば、もう一人金木屋の周りを嗅ぎ回っている者がいたと申しておったが」

一瞬、ぎくりとした。が、すぐに、あの堂々とうろついていた侍のことだと気付いた。

「はい。調べましたところ、大野《おおの》郡司様の手の者、とわかりました」

「ほう、孫八郎《まごはちろう》殿か。なるほどな」

大野郡司孫八郎、と聞いて、嵐丸はすぐに思い当たった。朝倉家同名衆の筆頭、朝倉景鏡《かげあきら》だ。一乗谷の東方、大野の地を治める郡司を務めているが、どうやら今はこちらに来ているらしい。その配下が金木屋を、つまりは宗順を気にかけているとは、興味深い。景鏡は、淡雲のことを既に耳にしているのか。

明智は景鏡についてそれ以上聞かなかった。侍が話を戻し、続けた。

「それで淡雲について武部殿にお伝えしたこと、九郎左衛門様には」

「直に伝えてはおらぬ。武部殿には、あちらから問われた故に存じおることを述べたが、我が立場でこちらから九郎左衛門殿に申し上げるのは憚られる。確かな証しでもあれば別だが、武部殿のことが淡雲に関わるかもしれぬとだけお伝えしておけば、後は九郎左衛門殿のお考え次第じゃ」

「それでよろしいので」

「こちらは客分に過ぎぬ。出過ぎた真似は、控えておく」

侍が、承知いたしましたと返し、そこで話は終わった。嵐丸は急いで明智の屋敷を脱け出し、しばらく行った川べりで一息ついた。

大きな石を見つけて腰を下ろし、今耳にしたことを頭で整理した。どうやら武部は、宗順からの淡雲肩衝の売り込みについて、明智に相談したらしい。明智はたぶん、茶の湯や京の事情に詳しいのだろう。話を聞いた明智は、どういう理由でかわからないが、淡雲に疑いを持ったようだ。だがそれは、はっきりした証しを伴ってはいなかった。公の場で言い出せるようなものではないのだろう。

(それでも武部は、その疑いを重く見たんだろうな)

宗順の持ち込む淡雲が贋物、とまで見切っていたかはわからない。だが、宗順と直に話をする中で、何らかの胡散臭さを感じ取っていたのではないか。

(そうだ。初めから宗順に何か怪しさを感じ、それで明智に相談しようと思ったんだ。朝倉の直臣でなく客分の明智なら、話が上に伝わることはないからな)

武部は意外に勘が鋭かったのかもしれない。だとしたら、宗順は人選を誤ったことになる。

(明智の話を聞いて自分の疑いをさらに強めた武部は、証しを得るべく調べ始めた。それに気付いた朱美は、武部の動きを封じることにしたわけだ)

これで明智と武部の関わりは、だいたいわかった。だが、また朱美の素性が気になって来た。贋淡雲の取引を進めるのを手助けしているようなのに、宗順とは関わりがない。もしや、誰かが宗順の知らない所で後押しをしているのか。それとも、宗順は自分で気付かぬまま、誰かに利用されているのか……。

嵐丸は宿へ戻る前に、金木屋へ寄った。店へは入らず、周りをさっと見渡す。少し離れた飯屋で、道之助が座っていた。徳利と盃を前にしているが、目は金木屋の方へじっと向けられている。

「ご苦労だな」

すぐ傍らに座って、小声で言った。道之助は、小さく頷きを返した。感心なことに、嵐丸の方には目を向けない。

「動きはない」

道之助の方から、言った。宗順はおとなしくしているようだ。あの二人の牢人は、薬で眠らされたのに気付いただろうか。まあ気付いたとしても、何も盗られてはいないのだから、不思議に思うだけだろう。

「麻耶は」

「どっかその辺に隠れてると思う。人通りの多い所にずっといたら、目立ってしょうがないってさ」

確かにな、と嵐丸は笑う。麻耶ほどの美女が所在なげにずっと座っていたら、男どもが次々に寄って来て、鬱陶しくてたまらないだろう。麻耶自身、それを承知して姿を隠したのだ。そして物陰から、金木屋と同時に道之助をも、見張り続けているわけだ。

「朱美は見たか」

一応、聞いてみた。道之助は、否と答えた。だろうな、と嵐丸も思う。あいつは、明日の取引が無事終わるまで、姿を現すまい。その後の出方が怖いが。

「なあ兄貴」

道之助が、明後日の方を向いたままで呟くように言った。

「聞きそびれてたんだが、本物の淡雲って、いったいどこにあるんだ」

知るかよ、と嵐丸は鼻で嗤《わら》った。

「宗順が、そんなことを俺たちに言うわけがない」

言ったら最後、嵐丸たちは一乗谷を出た途端に、それを奪いに行く。宗順は当然、わかっているはずだ。

「宗順が教えてくれるとは思ってないよ。見当はつかねえのかい。近頃になって淡雲の噂が出たってのは、誰かが持ってるとわかったからだろ」

「さあな。そもそも宗順だって、本物がどこにあるのか知らないかもしれないんだ」

本物が巷に出てくることはない、と割り切って、贋物の企みを立ち上げた、ということも考えられるのだ。宗順なら、そんなこともやりかねない。

「喋り過ぎだぞ。人目を引かないように気を付けろ」

嵐丸が窘めると、道之助は溜息をついて背を丸めた。

翌日の朝。商人姿になった嵐丸は、古着屋で調達した似たような着物を道之助にも着せ、金木屋に行った。いかにも旅をしてきて着いたばかりという風に、着替えの入った荷物を袈裟懸けに背負って笠を手にし、正面から堂々と入る。

「おはようございます。山田宗順の店の者で、五郎兵衛《ごろべえ》と道之助と申します。手前どもの主人が、大変お世話になっております」

応対に出た金木屋の番頭は、愛想よく応対した。

「これは、宗順様の。はい、ただいまお知らせいたしますので、こちらで少々お待ちを」

番頭は二人を板敷きに上げ、奥へ入った。銘酒のいい匂いが、鼻をつく。道之助がもの欲しそうに積まれた酒樽を見るので、脇腹を小突いた。道之助は、慌てて居住まいを正す。

「あの、前から一乗谷にお越しでしたか」

手代の一人が尋ねた。ちょっとひやりとする。最初にこの店の様子を見に来て酒を買った時、応対した手代だった。だが着物は変えているし、何日も前に一度、少しの酒を買っただけの相手を、はっきり覚えてはいまい。

「いいえ。先ほど着きましたばかりでございますが」

「ああ、左様で。ご無礼いたしました」

手代は詫び、それ以上は聞かなかった。やはり薄ぼんやりと、覚えがある気がした程度だったようだ。道之助は、知らぬふりをしていた。

程なく、宗順と金木屋の主人が、揃って現れた。嵐丸は手をついて頭を下げた。道之助も慌てて倣う。

「お前は……」

宗順が怪訝そうに問いかけるのを、遮るように言った。

「五郎兵衛でございます。旦那様、遅くなりまして申し訳ございません。一昨日の晩には着くはずでしたが、船を出してもらうのに少し手間取りまして。間に合って、ほっといたしました」

一昨日の晩、というところを強めに言い、顔を上げて宗順を見た。さすがに宗順は嵐丸だと気付いた。

「あ、ああ、そうか。ご苦労やった。朝倉九郎左衛門様のお屋敷に伺うまで、一刻ほどある。それまで休ませて貰《もろ》うたらええ」

宗順はそれだけ告げて、奥へ引っ込んだ。嵐丸たちは、店先に近い小部屋に通された。客間ではなく板敷きの簡素なところだが、白湯ではなくちゃんと茶が出された。

「昨夜はどちらにお泊まりでしたか」

茶を運んで来た下女が下がってから、手代が聞いた。

「はい、昨日のうちに一乗谷へと思ったのですが、北ノ庄で日が暮れてしまい、そちらで泊まって夜明けと共に出てまいりました」

嵐丸は、すらすらと答えた。道之助には、何か問われたら俺が答えるから、余計なことは喋るなと言ってある。

「今日は手前どもにお泊まりなさいますか。でしたらすぐご用意いたしますが」

「いえ、それは御迷惑でございましょうから、宿に泊まらせていただきます」

わかりましたと手代は頷いた。それで去るかと思ったのだが、「近頃、京の都の様子は如何でしょう」などと聞いてくる。話し好きなのか、遠い都への憧れでもあるのか。

「この乱世でございますからな。京でも度々、小競り合いなどがありまして。その度に軍勢が入って来ますので。今は三好様がおられるので抑えられておりますが、京より寧ろ、手前どもの堺の方が繁華でございまして」

盗人仕事であちこち行き来している嵐丸は、京の事情にも畿内諸国の事情にも、ある程度通じている。滔々《とうとう》と話してやると、手代ばかりでなく道之助までも、感心したように聞き入っていた。

手代の相手をしているうちに、疑われるようなこともなく、一刻が過ぎた。奥から宗順の声が聞こえ、嵐丸たちは座を立った。

宗順が、牢人二人を従えて出て来た。牢人の一人は、金糸を織り込んだ布の包みを、恭しく捧げ持っている。淡雲肩衝に違いない。

嵐丸は宗順の前に進み出ると、淡雲の包みを指して、「それは手前が」と言った。宗順は眉を上げ、牢人はむっとしたような顔を向けてきた。が、宗順はすぐに頷き、牢人に言った。

「肩衝は、五郎兵衛に渡しなさい。お前たちが持って九郎左衛門様の前に出ては、いささか物々し過ぎるさかいな」

牢人は不服そうにしたが、雇い主の命とあって、黙って嵐丸に包みを手渡した。嵐丸は「ご苦労様でございました」と一礼し、両手で包みを受け取った。

金木屋の主人たちに送られて通りに出てから、宗順が前に立ち、淡雲を持った嵐丸と道之助がその後に続いた。牢人二人は、三人を守る形で後ろについた。歩きながら嵐丸は目を走らせ、麻耶はどこかと探した。そして五間ほど後ろから、市女笠《いちめがさ》を被り枲垂衣《むしのたれぎぬ》を巡らせて顔を隠した女がついてくるのを目に留めると、薄笑いを浮かべた。道之助はすっかり硬くなっていて、周りに気を配る余裕もなさそうだった。

景紀の屋敷は、同名衆の有力な一人だけあって、他の武家屋敷と比べると倍ほどもあった。門のところには迎えの侍が出ていて、宗順一行の姿を見ると、一礼してそのまま屋敷の玄関に案内した。

玄関の間には、さらに二人の侍が待っていた。二人は宗順に、「本日はご足労いただき、恐れ入りまする」と丁重に挨拶した。宗順も両手をついて「このたびは誠にありがとうございます」と礼をし、侍に従って奥へ通った。嵐丸と道之助も淡雲の包みを捧げて付き従う。だが後ろの牢人は止められ、「こちらでお待ちを」と脇の間を示された。牢人は一瞬、顔を強張らせたものの、言われた通り部屋に入った。景紀の家人としては、刀を携えた素性の知れぬ強面を、主人の面前に通すわけにはいかないのだ。宗順が嵐丸に淡雲を持たせたのは、正しかったわけだ。

奥座敷に通され、そこで待つことになった。廊下には、警護の侍が配されている。

道之助はこのような場に慣れないのか、落ち着かなげに視線を泳がせていた。宗順は泰然としている。売りつけようとしているものが贋物だというのに、微塵《みじん》も恐れがないのはさすがだな、と嵐丸は舌を巻いた。

「しばし待って、景紀が現れた。近習二人を連れている。

「おお、待たせたな。此度《こたび》は、遠路ご苦労であった」

景紀は上機嫌で上座に座った。その両脇で、嵐丸たちを睨むようにして近習が座につく。

「九郎左衛門様にはご機嫌麗《うるわ》しく、また近頃では敦賀にて大層なお働き、祝着《しゅうちゃく》に存じまする」

宗順が如才なく挨拶した。

「うむ、若狭の者共がごたついておるのでな。時に灸《きゅう》をすえてやっておる」

景紀は愉快そうに言った。若狭は守護である若狭武田家が領しているが、近年は配下の反乱が相次ぐなどで足腰が弱っており、朝倉家が若狭を呑み込もうと動いていることは、嵐丸も嗅ぎ取っていた。本腰を入れて若狭に攻め入る時は、景紀が大将を務めるのであろう。

「で、それかな」

景紀は手にした扇で、宗順が前に置いた包みを指した。左様でございます、と宗順は一礼し、膝を進めて包みを解いた。宗順は桐箱の蓋を開け、仕覆に入ったものを取り出し、絹布を畳に広げてその上に置いてから仕覆の口を広げ、そっと肩衝を取り出した。景紀の目が、吸い寄せられる。

「どうぞ、ご覧下さいまし」

宗順は絹布に淡雲肩衝を載せ、景紀の方に押し出した。近習が取り上げて主人に渡そうと、手を伸ばしかける。景紀はそれを止め、自身で両手を出して淡雲を絹布ごと引き寄せてから、そのまま目の高さに持ち上げた。

景紀は無言で、絹布に載った淡雲をじっくりと眺め、指でそっと撫でた。それからほうっと感嘆の溜息のようなものを漏らし、淡雲を畳に戻した。

「見事な景色じゃ」

景紀は静かに言った。嵐丸も、目を見張っていた。やや遠目ではあるが、半端ではない逸品だ、ということはわかった。濃い黒茶色で、白い釉が流れる淡い雲のような景色を作っているところは、塩津で摑まされた安手の贋物と同じだ。だが、品というものがまるで違っていた。黒茶の地色には吸い込まれるような深みがあり、白っぽい釉は、幻の雲の如き幽玄を見せている。贋物だとしても、かなりの腕の者の作であろう。商売柄、嵐丸も目利きに関しては素人ではないが、これほどのものなら、知らなければ間違いなく本物と信じてしまうところだった。

「お眼鏡《めがね》にかないましたか」

宗順が言った。だが景紀は、甘くはなかった。

「素晴らしき品、と儂も思う。だが、これぞ本物の淡雲とする証しはあるのか」

嵐丸はぎくりとした。景紀は、代々の持ち主が記した文書のようなものを求めているのか。無論、そんなものはない。いや、宗順は偽書を用意しているかもしれない。だがやり方を誤ると、わざとらしいものに見えるのではないか。

さあどうする、と嵐丸は宗順を見た。宗順に、動揺は見えない。

「はっきり申し上げます。これは手前が本物と信じておりますが、目に見える証しといったものは、ございません」

「証しがない、と申すか」

景紀の顔が曇った。近習も、眉根を寄せている。だが宗順は、堂々としていた。

「全ては、話に聞きましたことと、手前の目だけでございます」

宗順は、応仁の乱を避けて京の都を逃れた公家が、大和《やまと》で隠棲し、その後、縁者である他の公家に譲られ、という経緯を、淡々と話した。嵐丸が最初に盗み聞きした、宗順が武部に告げていた話よりも、だいぶそれらしく脚色されている。

「故あって名は伏せさせていただきますが、九条家に連なるお方、とだけ申し上げておきます。聞いたお話につきましては、手前の方で来し方など、ある程度までは調べさせていただきました。ですが、完璧とまでは参りませぬ」

ふむ、と景紀は思案顔を見せる。

「完璧ではない、としながらそなたがこれを買い取ったのは、その目で見て、本物と信じたから、ということかな」

「左様でございます」

宗順は揺るぎもせずに答えた。

「で、何故儂のところに」

急がずとも他に買う者はいただろうに、と景紀は言いたいようだ。それは嵐丸も思ったことで、当然の疑念だった。

「恐れながら」

宗順は軽く頭を下げてから、言った。

「淡雲の値打ちを正しく知り、それに見合う金子《きんす》をお出しになる方は、多くはございません。例えば三好様などは、こう申しては失礼ながら、いささか術策に走られており、茶の湯の真髄とは離れておいでです。帝、或いは将軍家へどなたかを通じ献上、ということも考えましたが、商人である手前から献上とは不敬も甚《はなは》だしく、お買い上げの上献上なさるお方の心当たりもございません。細川《ほそかわ》様、今川様には昔日の勢いはなく、大内《おおうち》様、北条《ほうじょう》様は遠きに過ぎ、斎藤様、上杉《うえすぎ》様、武田様は武辺に過ぎます」

「堺の者たちは、どうなのだ」

今井宗久を始め、茶の湯に金をかけている堺の豪商は多い。だが宗順は、苦笑のようなものを浮かべた。

「こう申しては何でございますが、手前は会合衆の間では評判が良うございませぬ故」

「そこで我が朝倉家、というわけか」

なるほどな、と景紀は笑い、得心したように頷いた。

「失礼ながら、御家の御屋形様は、いかに思し召しでございましょう」

宗順が聞いた。嵐丸の耳には、少々不遜に聞こえたが、景紀は気にした風もなかった。

「既に淡雲のことは、お耳に届いておる。すぐにも見たいと、楽しみにしておられる」

それは恐れ入ります、と宗順はまた頭を下げた。やはり嵐丸が読んだ通り、景紀には淡雲をゆっくり吟味する暇はないようだ。

「では、九郎左衛門様におかれましては、如何なさいますか」

宗順は、買うのかどうするのか、と迫るように言った。ふむ、と景紀は髭を撫でた。

「重ねて聞くが、証しとなる書付、文書の類いはないのだな」

「御意《ぎょい》。後は、この淡雲をご覧になり、九郎左衛門様がいかに御見立てなさるか、でございます」

嵐丸は内心で唸った。何とも大胆だ。宗順は証しなどないと開き直り、自分は本物と信じたが、そちらはどうか、と投げたのだ。真贋は景紀の目利き次第、となる。しかし景紀としては、当主義景がこれを待っているという事情もあり、宗順が信じるものを否、とは言い難いはず。贋物だと言い切れるだけの根拠もないだろう。一方宗順は、これは本物に間違いないと騙しているわけでもない。発覚しても、責めは景紀が負うことになる。心理の弱味をついた、実に巧妙な持ちかけ方だった。

「……わかった」

しばらく考えた後、景紀は首を縦に振った。

「買い取る。代金を、これへ」

近習の一人に命じた。近習は承知して立ち上がり、次の間の襖を開けた。そこには頑丈な箱が積んであり、近習は上の一つを開いて中を示した。銀の粒が、一杯に詰まっていた。

「一部は金にしておいた。千五百貫ある。納められよ」

「ははっ、ありがとうございます」

宗順は畳にひれ伏し、嵐丸と道之助も揃って平伏した。どうやら無事に、取引は終わった。

十一

さすがに人の手では運びきれない、と思っていると、屋敷の前に馬が五頭、来ていた。宗順が金木屋に頼んでおいたものらしい。銀の入った箱は手際よく馬に積まれ、宗順と嵐丸と道之助は、馬を先導する形で金木屋に戻った。牢人二人は、馬の両脇に付いて目を光らせている。

道之助が小声で言った。

「全部金でくれるかと思ったが、大方は銀かよ。これじゃ、盗みに入っても持ち出せないな」

「全部狙う気でいたのか。銀なら、持ち出せるだけにしておくしかないさ」

一人で持って逃げられる分だけなら、残念ながら大した稼ぎにはならない。

「これをこのまま、堺まで運ぶ気かねえ」

宗順の背中を見ながら、道之助が呟いた。これだけの金銀を運ぶには、五十人くらいの警護を付けねばなるまい。その費用も馬鹿にならないが。

「忘れるな。半分は俺たちのものだ。そして俺たちも、分け前をどう運ぶか考えなくちゃならん」

金に替えられれば一番いいが、一乗谷であまり派手なことはしたくなかった。

考えているうちに、金木屋に着いた。金木屋の一同に迎えられ、主人から取引がうまく行った祝いを述べられた宗順は、満足そうな顔で、銀を蔵に納めるよう頼んだ。

宗順と金木屋は奥座敷に入り、一刻近くも何事か話し合っていた。嵐丸たちはその場に入れず、かと言ってさっさと去ることもできずに、話が終わるのを待った。

やがて金木屋の手代が、宗順が呼んでいると告げに来た。嵐丸と道之助は、手代に案内されて奥へ通り、座敷に入って襖を閉めた。それから少しの間、気配を窺い、誰も聞き耳を立てていないことを確かめてから、宗順の前に座った。

「うまく騙しおおせたじゃないか」

嵐丸が笑いかけると、宗順は渋い顔をした。

「人聞きの悪いことを言いなさんな。これも商いや」

商いねえ、と嵐丸は苦笑する。

「で、千五百貫のうち半分貰うとして、残りはどうやって堺へ運ぶ」

「堺へ？」

宗順は呆れたような顔をした。

「何を言うとる。こんなもん、そのまま運べるかいな」

これはここに預けるんや、と宗順は言った。嵐丸が怪訝な顔をすると、宗順は馬鹿にしたように嗤った。

「商い、ちゅうもんをわかっとらんな。この金は、この越前で使う」

「こっちで使うって？」

道之助が目を丸くした。

「そうや。金木屋はんは酒屋だけやない。三国湊の店で交易もやっとるのは、知ってるか」

「ああ、まあ一応は」

「だからや。ここに預けた銀で、北陸から出羽《でわ》にかけて、いろんな品を金木屋はんを通して買い集める。明の船が持ち込む品もな。三国湊には、そういったものが集まるんや」

そこで買い付けたものを敦賀湊に運び、塩津から琵琶の湖を渡って京に入れ、売り捌《さば》く。相当な儲けが期待できるという。金木屋にも、手間賃の形で相応の金が落ちる。金木屋が宗順に手を貸しているのは、そういう理由からだった。

「商いの取引にしたら、金銀の代わりに割符も使える。どうにでも動かせるんや」

宗順の言うように、割符など支払いを約した書付を使えば、幾らでも持ち運びができる。それは嵐丸も知っているが、盗人の身では使うことができなかった。

「何なら、儂の堺の店で受け取れるように、割符を作ってやろうか？」

宗順はそんなことまで言った。道之助は有難い、という顔をしたが、宗順の手の内に取り込まれるような格好になるのは、避けたかった。

「要らんよ。こっちはこっちで、何とかするさ」

実際、当てがないわけでもなかった。そうか、と宗順は引き下がった。

「ま、金ちゅうもんは、貯め込んどいても増えやせん。使って、儲けんとな」

盗人を揶揄しているような言い方に、嵐丸は少し苛立った。それで、話を変える。

「ところであんた、朝倉景鏡の手の者が、ここを見張ってたのに気付いてるか」

「大野郡司はんが？」

宗順は眉を上げた。

「どこかの家人らしい侍が、周りをうろついてるのは知っとったが……大野郡司はんのところの者かいな」

「あんた、景鏡に目を付けられる事情でもあるのか。奴は、淡雲のことを知ってるのか」

「ふむ、そういうことか」

宗順は一人で得心したらしく、しきりに頷いた。それから、嵐丸に言った。

「お前さん、朝倉家の内側については、どのくらい知っとる」

「いや、正直なところ、大したことは知らん」

せやろな、と宗順は呟いた。

「どこの大名家でも、家臣全部が一枚岩、というところはまずない。みんなそれぞれの思惑があって、隙があったら殿様に取って代わろうちゅう奴も、なんぼでもおる。それは承知してるやろ」

「ああ、もちろんだ」

大名家の家臣たちは、各自が領地と兵を持っている。だから殿様が弱かったり乱暴で無能だったりすると、すぐ反旗を翻す。結束しているように見える武田家や上杉家も、当主に力があるから皆が従うのであり、重石《おもし》がなくなればどうなるかはわからない。

「朝倉家にも、いろいろあるってことか」

察して言うと、宗順はその通りと認めた。

「朝倉本家の親族の重臣連中、同名衆の間でも、反目はあるんや。何せ本家の親族やから、ちょっと事情が違ったら自分が御屋形様になったかもしれん、と思うとる奴が多いからな」

ははあ、と嵐丸は頷く。

「景鏡も、そのクチか」

「何せ、御屋形様の従兄弟《いとこ》やからな。家格では筆頭と言うてええのに、御役目では大野郡司より敦賀郡司の方が重い」

「それで、敦賀の景紀父子とは仲が悪いのか」

嵐丸にも、朝倉家の構図が読めてきた。

「つまり景鏡は、景紀の足を引っ張れる話がないか、常に目を光らせているわけだ」

言ってから嵐丸は、うすら寒くなった。景紀が御屋形様のために手に入れた淡雲肩衝が贋物、と発覚すれば、景紀にとっては大恥、景鏡にとっては溜飲が下がる朗報だ。

「景鏡は、淡雲のことをどれだけ知ってる。贋物だと気付いてたりしないか」

それはないやろ、と宗順は笑った。

「あれは武辺一辺倒の者や。淡雲を見たところで、真贋なぞわかるわけがない。肩衝と茄子《なす》の違いを知っとるかも、怪しいもんや」

景紀でさえ、見ただけでは贋物と見抜けなかったのだ。景鏡には絶対に無理だと宗順は言う。しかし俺は見抜いたぞ、と嵐丸は思ったが、それを読んだように宗順は続けた。

「武辺一辺倒、て言うたやろ。あのお人には、お前さんみたいな頭の働きはできん」

「なんだい、おだてるのか」

いやいや、と宗順はかぶりを振った。

「ほんまの話や。大野郡司はんが、この店の周りを嗅ぎ回ったところで、何も摑めるわけがない。誰か密告でもせん限りは、な」

　そこでほんの一瞬、宗順の目付きが厳しくなった気がした。何だ、と嵐丸は訝しむ。

「俺が密告なんぞ、するわけなかろうが」

「いやいや、それはわかっとる。例えばの話や」

　宗順は笑って言ったが、微かに慌てたような気配があったのを、嵐丸は見逃さなかった。だが、それが何を意味するかは全くわからなかった。

「なあ、お前さん、朱美とかいう女のことを口にしとったな」

　ふいに宗順が言った。

「何者か、わかったんか」

「いや、皆目わからん」

　嵐丸は正直に言った。

「だが、敵とも言い切れなくなってる。取引の邪魔は、してこなかったろ」

　そうか、と宗順は応じた。

「ならええが、女ちゅうんは厄介や。せいぜい気を付けとくことやな」

　宗順のその言葉は、嵐丸だけでなく自分にも向けたように聞こえた。道之助はさっきから黙ったまま、宗順と嵐丸のやり取りを聞いては、驚いたように目を瞬いている。

嵐丸と道之助は、七百五十貫の入った箱を二頭の馬に乗せ、宿に帰った。宿の主人は大荷物に驚いていたが、近所から人足を呼んで、どうにか箱を蔵に納めた。

ようやく片付いて、馬を返したところで麻耶が戻った。朱美の足取りをまだ追っていたそうだが、運び込んだ銀の箱を見て、仰天した。

「こんなに嵩張《かさば》るもんだっけか」

今さら何を、と嵐丸は笑った。

「これをどうやって持って行くかは、それぞれ考えろ」

嵐丸と麻耶が三百貫ずつ、道之助が百五十貫だ。いずれにせよ、背負っていけるものではない。嵐丸は宗順の商いの話をしてやった。麻耶は興味深そうに聞いていたが、まさか商いを始めるわけにも、と腕組みして考え込んだ。

「……反物でも買おうかな」

麻耶が言った。考えがある、と言うより、単に思い付きを口にしただけのようだ。

道之助は何も浮かばないようだった。

「馬一頭買って、運ぶことにするよ」

「まあいいが、野盗に狙われないようにするんだな」

道之助は困惑を浮かべた。

「警護の牢人も雇うか」

「信用できる連中ならいいが、人気のない山道で野盗に早変わりするかもな」

脅すように言ってやると、道之助は情けない顔になった。

「いっそ、ここで遣っちまうか。毎晩、酒と女で」

自棄《やけ》のように言うので、麻耶が叱った。

「馬鹿言ってんじゃないの。あんたの勝手だけど、こっちに迷惑かけないようにしてよ」

道之助の背中を叩いてから、麻耶が聞いた。

「あんたはどうすんの」

「考えがなくもない。近江まで運べば、何とかできる」

「琵琶の湖を、船で運ぶのかい」

道之助が聞いた。嵐丸は、「まあそんなとこだ」と曖昧に言った。

「それにしたって、近江の塩津とかその辺まで、どう運ぶの」

「そこまでは馬で行くしかあるまいな」

峠越えさえ気を付ければ、後は人通りの多い街道だから、大丈夫だろう、と嵐丸は言った。麻耶は考えて、言った。

「わかった。乗るよ」

ちらりと道之助の方を見る。道之助も、頷いた。嵐丸は頷きを返し、「後で文句言うなよ」と念を押した。

翌朝、改めて雇い直した馬三頭に、それぞれの分け前を積むと、嵐丸たちは一乗谷を発った。北近江までは三日と見積もっている。警護の者はいない。少々の相手なら嵐丸と麻耶で片付けられるし、菰を被せた荷が箱一杯の銀だとは、見かけではわかるまい。嵐丸の格好はいつもの商人風だが、麻耶は若女房らしい装いをやめ、道之助と同様に粗末な小袖で頰かむりをし、人足風に見せかけている。

阿波賀の川湊を過ぎると、人通りもだいぶ減ってきた。天気も悪くないし、のんびりした旅だ。道之助は、鼻歌を歌っている。

だが、阿波賀からほんの一里余り来た辺りで、嵐丸は不穏な気配に気付いた。何かがおかしい。人通りが、少な過ぎる。

麻耶が馬を曳《ひ》いて、嵐丸の傍に来た。そこでそっと囁く。

「向こうから来る人が、いなくなった」

「ああ。妙だよな」

「誰かが、通行を止めてる？」

「たぶん。だとすると、剣呑《けんのん》なことになりそうだ」

嵐丸は振り返り、呑気に歩いている道之助を手招きした。

「おう、どうした兄貴」

道之助は何も感じていないらしく、太平楽な顔付きで言った。嵐丸は顔を引き締め、道の前を示して告げた。

「その先で、道が左に曲がってるだろ」

道は、一町余り先で左の山裾を回っている。その先は見通せない。

「ああ。それが何か」

「一騒動、あるかもしれんぞ」

ええっ、と道之助が顔色を変えた。

「どうしてわかる。気配でもあるのかい」

「ああ。馬をそこの木に繋ごう。俺が様子を見て来る」

嵐丸たちは馬が逃げないよう、道の脇の太い木に繋いだ。道之助は、すっかり当惑している。

「麻耶姐さん、本当に何かあるのかい」

「すぐわかるよ」

麻耶は懐に手を入れた。鎧通しをすぐにも抜けるように身構える。嵐丸は道を外れ、小走りに山裾を伝っていった。

いきなり、相手が現れた。嵐丸の行く手を阻むように、幾人もの男たちが走り出る。来たか、と思った時には、後ろにも回られていた。その数、およそ二十人。侍や足軽ではない。具足を着けた者もいれば、薄汚れた小袖だけの者もいる。手にした得物は、刀と槍。鎌のようなものまであった。何もかも揃わず、ばらばらの寄せ集めだ。

「野盗にしちゃ、出て来るのが早いな」

嵐丸は相手を眺め渡して、言った。いずれ野盗が出るかもと覚悟はしていたが、一乗谷に近過ぎる。こんなところで仕事をする野盗はいないし、この連中は見たところ、百姓に近かった。

「野盗などではない」

男どもの後ろから、黒っぽい忍び装束を着た者が出て来た。顔は隠しておらず、長い髪を後ろで束ねている。

「ああ、あんたか」

嵐丸はニヤリとした。

「そろそろ現れるんじゃないかと思ってたがね」

「待っていてくれたとは、嬉しいね」

朱美だった。この連中を率いているらしい。

「で、何の用かな。金がほしいのか」

「金ももらうが、命ももらう」

朱美は口元に笑みを浮かべた。顔が美しいので、却って凄味がある。

「ほう。どうして俺たちの命がほしいのかな」

「いろいろと、知られ過ぎた」

知られ過ぎた？　と嵐丸は首を傾げた。

「俺たちが知ってるのは、宗順が売り込んだ淡雲肩衝が贋物だ、ってことぐらいだがな」

「それを知っていれば充分」

「おいおい、どうもわからねえな。贋物だと知られて困るのは宗順だろ。あいつとはもう話がついてるんだぜ」

なあ、と嵐丸は麻耶と道之助の方を振り返った。そして、眉をひそめた。麻耶は既に鎧通しを構えている。だが、道之助の姿がなかった。

「おい、道之助はどうした」

聞かれた麻耶は、えっと後ろを見た。そこで初めて、麻耶も道之助が消えていることに気付いたようだ。

「あれ……いつの間に」

麻耶は本当に驚いているようだ。あの道之助が、麻耶にも気付かれず、後ろを囲んでいる連中もあっさり躱していなくなるとは。もしかして、道之助のことを見誤っていたのか、と嵐丸は唇を嚙んだ。

「仲間に逃げられたか」

朱美が嘲笑するように言った。ふん、と嵐丸は鼻を鳴らす。

「あいつはいてもいなくてもいい。それより、贋物云々のことだ。お前たち、宗順に雇われてるのか？　どうもそうは見えないが」

「誰にも雇われてなど、おらぬ」

朱美は目を怒らせた。宗順の仲間と思われるのは、面白くないようだ。

「もういい。無駄話はこれまでだ」

朱美が、さっと右手を振った。得物を構えていた二十人が、一斉に斬りかかってきた。嵐丸は脇差を抜き、刀を振り上げて間近に迫った男の懐に潜ると、下腹を抉った。男の動きが止まる。続けてその後ろから突き出された槍を摑み、ぐいっと引いた。前のめりになった槍の男は具足を着けていなかったので、胸を刺した。その男は、血を吐いて仰向けに倒れた。

後ろを見ると、ちょうど麻耶が小柄な男の喉を切り裂いたところだった。鮮血が迸《ほとばし》り、男が崩れ落ちる。これで三人、と思ったところで、手裏剣が右耳を掠めた。朱美の仕業だ。くそっ、と身を捻って飛び下がる。

どうにも分が悪かった。相手は皆、剣術にしても槍にしても、まともに習ったことはないようで、素人が闇雲に振り回している、といった様子だ。一対一ならまず負けることはないが、多勢に無勢である。このままでは、長くは保たない。

一瞬の隙に、麻耶に目配せした。ここは金を諦め、逃げるしかなさそうだ。この素人連中なら、囲みを破って逃げるのは難しくない。厄介なのは、朱美だった。だが逃げさえすれば、自分たちを追えるのは朱美だけだ。朱美一人を他の奴らから切り離せたら、二対一で充分勝ち目はある。

麻耶は嵐丸の考えを読み取ったようだ。頷くと同時に、さっと背を向けた。後ろにいる奴を倒して跳躍し、木を伝って逃げる気だろう。嵐丸も同様にするつもりだった。

その時、後方の阿波賀の方から、馬の蹄《ひづめ》の音が近付いて来た。音が重なり合い、雷《かみなり》の轟《とどろき》のようだ。十や二十の数ではあるまい。見ると、朱美の顔に驚きが見えた。そっちの仲間ではなさそうだ。もしや、こちらの助けになるのだろうか。

道の先に土煙が上がり、軍勢が姿を現した。百騎ほどはいるようだ。嵐丸たちを囲んでいた連中は、この闖入者《ちんにゅうしゃ》に啞然とし、固まった。

軍勢は忽ち《たちま》、嵐丸と麻耶と、朱美の仲間を取り囲んだ。嵐丸たちが斃《たお》した三人を除く残り十七人は、嵐丸に向けていた刀を、軍勢の方に構えた。が、どうも腰が引けている。朱美はというと、手裏剣を収めて真っ直ぐ立ち、軍勢の大将を睨みつけている。

大将は、立派な鎧兜を身に着けた、四十前くらいと見える髭の薄い武者だった。大将は自分を睨む朱美を見下ろし、大声で怒鳴った。

「女、お前がこの門徒どもの頭か」

「そちらは大野郡司様か」

朱美は物怖じする様子もなく、昂然として言った。一方、嵐丸は目を見張ってい
た。朝倉同名衆の筆頭、朝倉景鏡だ。それがいきなり、直々に出張って来るとは、い
ったい何が起きているんだ。

「いかにも、左様。お前たち、一乗谷の目と鼻の先でこのような真似をするとは、我
らを軽んじるのも程がある。まとめて成敗してくれるわ」

景鏡は、かかれ、と下知した。既に下馬していた侍たちが、一斉に斬りかかった。
朱美の配下の方も、逃げようとしない。何やら呪文のようなものを唱えると、軍勢に
向かっていった。

嵐丸と麻耶は、飛びのくようにして乱戦から抜け出た。山裾の木の陰に隠れ、成り
行きを見守る。

「おい、景鏡はこいつらのこと、門徒と言ったよな」

嵐丸が囁いた。

「ええ。それにこの連中、切りかかる時に南無阿弥陀仏を唱えてた」

「てことは、一向一揆《いっこういっき》の奴らか」

朝倉家が、加賀《かが》一向一揆の勢力と長く戦い続けているのは、周知の話だ。その一部
が、一乗谷にまで入り込んでいるとは。

「無茶だな、あいつら。逃げないと、みんなやられちまうぜ」

「戦で死ねば極楽浄土へ行ける、って連中だからね。普通の足軽とは違うのよ」

道の両側で、刀を打ち合う音が響いている。門徒の一人の首が飛び、さらに一人が腕を斬り落とされた。まとまりもなくただ打ちかかる門徒勢に対して、景鏡の手勢はしっかり相手の動きを見極め、迫る者を確実に仕留めている。戦慣れ、という点では数段の開きがあった。

朱美だけはさすがに、振り下ろされる刀を躱し、脇差で打ち返していた。景鏡の手勢の一人が、勢いに任せて踏み込み過ぎた。朱美の脇差がその首筋を抉り、相手はどっと倒れた。そこで一瞬の間が空く。朱美はすかさず手裏剣を構え、景鏡めがけて投げた。嵐丸は、あっと息を呑んだが、景鏡も並みの武将ではない。体を捻り、軍扇で手裏剣を叩き落とした。朱美は口惜しそうに顔を歪めたが、忽ち景鏡勢に斬りかかられて退がらざるを得ず、次の機会はもう得られなかった。

嵐丸はこの戦いを半ば呆然としながら見ていたが、気付けばもう一向門徒たちは四、五人しか残っていなかった。それでもまだ抗うことをやめず、血だらけになっても刀を振るっている。なんて連中だ、と嵐丸は気分が沈んだ。

とうとう、立っているのは朱美だけになった。忍び装束が裂け、血が滲んでいる。細かい手傷を、幾つか負っているようだ。

「その女は殺すな。生け捕りにせい」

景鏡の下知が飛んだ。朱美は手裏剣も使い果たしたらしく、握っているのは脇差だけだ。朱美はなおもその脇差を振るおうとしたが、四方から槍と棒に打ち据えられ、膝をついた。侍が三人ほど駆け寄り、脇差を取り上げて朱美に縄を掛けた。一向門徒たちは、一人残らず討たれていた。

さすがにもう良かろう、と嵐丸は麻耶を促して立ち、木の陰から出た。侍たちが、胡散臭い目でじろじろと見る中を景鏡の前まで進み出ると、その場に平伏する。

「ああ、お殿様、危ういところをお救い下さいまして、ありがとうございました。おかげさまで、命拾いいたしました」

嵐丸はあくまで九死に一生を得た商人になり切り、震えながら何度も礼を述べた。

「これも朝倉様のご恩と心得まして、この上は商いに精を出し……」

「何を下らぬことを言っておる」

嵐丸の言葉を遮り、景鏡の大音声が響いた。

「お前たちこそ、企みの首謀者であろうが」

ええっと嵐丸は目を剥いた。これはいったい、どういうことなんだ。

十二

先ほど朱美を縛った三人が今度は嵐丸と麻耶に駆け寄り、同じように縛った。朱美はこの様子を、ざまを見ろとでも言うような笑いで見つめていた。

「あ、あの、何故このようなご無体なことを」

嵐丸は縋《すが》るように聞いた。実際、わけがわからない。

「まだとぼける気か」

景鏡は苛立ちを見せた。武辺一辺倒というだけあって、気の短い武将のようだ。

「お前たちは山田宗順と組んで、淡雲肩衝とかいう紛い物を掴ませようとしたであろうが」

うっと嵐丸は言葉に詰まる。宗順と組んだことを、どうして景鏡が知っているのだ。

「ふん、まったく小賢しい真似をしよる」

嵐丸が黙ったのを、罪を認めたと解してか、景鏡はますます居丈高になった。

「お前たちは九郎左衛門殿に贋物を渡し、御屋形様の前で披露する折に贋物であることを暴露させようとしたな」

「は？　暴露とは、誰に……」

景鏡はまた苛立って、手にした軍扇で嵐丸の肩をびしっと叩いた。

「儂に決まっておろうが！　儂に御屋形様の面前で贋物だと言わせ、九郎左衛門殿に大恥をかかせるつもりであったろう。だが、そうはいかぬ」

我が同名衆の間に不和を起こさせ、朝倉家の屋台骨を揺さぶろうとしたようだが、何とも手の込んだことをしたものよ、と景鏡は嗤った。

それでようやく、嵐丸にも事の次第が読めて来た。朝倉景紀と景鏡の間に不和があることは、宗順も言っていた。淡雲の贋物は、その不和を煽り、同名衆を分断するための道具だったのだ。確かに景鏡が言うように、やたら手の込んだ仕掛けだ。しかし、こんなことをする必要が、宗順にあるのか。確かに淡雲の代金は丸儲けだが、それだけで充分で、朝倉家を揺さぶる必要などなかろう。裏で企んだ者が、いるはずだ。

嵐丸は朱美の方を見た。こいつなら、裏にいるのが誰か、知っているだろう。朱美の方は、嵐丸を腹立たし気に見返している。

(だいたい、こいつは何故、俺たちを消そうとしやがったんだ)

その時、朱美の目付きを見てわかった気がした。こいつは、嵐丸たちが淡雲は贋物と見抜いたことで、やがては朝倉同名衆を分断するという本当の狙いに気付くに違いない、と考えたのだ。だから、そのことが嵐丸たちから朝倉家に漏れたりすることがないよう、始末してしまおうとしたのだろう。

「まったく、無駄なことだったな。買い被りも甚だしい」

嵐丸はせせら笑った。嵐丸たちは、今しがた景鏡の口から聞くまで、その狙いに全く気付いてはいなかった。始末する必要など、なかったのである。

「しかし、このこと、どうしてお知りになったのです」

嵐丸は景鏡に向き直って、問うた。景鏡は、今さら何を言っている、と馬鹿にしたような顔をした。

「ある者が、儂に耳打ちしに来おった。九郎左衛門殿が御屋形様のご内意を得て買い取る淡雲肩衝は贋物で、九郎左衛門殿にはそれを見抜く目がない。これは朝倉家の大恥である、とご披露の場で申し立てれば良い、とな」

そうすれば、景紀は当主義景から遠ざけられ、同名衆は景鏡の独壇場になる。景鏡は、食指を動かしたことだろう。

「ところがじゃ。その者は、儂が前から、一向門徒どもと通じておるのではと疑っておった。そこですぐには信じず、心利きたる者に探らせた。すると、お前と繫ぎを取っているところを見つけたのじゃ」

景鏡は、朱美を指して言った。朱美は、ぷいと横を向いた。景鏡の配下は、朱美を尾けようとしたらしい。だが、あっという間に撒かれてしまった。それで逆に、只者ではないとわかったわけだ。

「こうなると、何か怪しげな企みが為されておるのは明白。そこでもっと人数を出して、いろいろと探らせた」

金木屋の周りをうろついていたのも、そのうちの一人だろう。

「そうしたら、一乗谷の周りにこの門徒どもが潜んでおることもわかった。さらに見張らせて一網打尽にしようと待っておると、今度はこの仲間割れじゃ。お前たちは、詰めが甘いのう」

仲間割れ？　そうか、景鏡は俺たちも一向門徒の一味だと思っているのだ。

「お前を捕らえ、企みの一部始終を吐かせる。その上で、宗順も捕らえる。堺会合衆を捕らえるには、動かぬ証しが要るからな」

「大野郡司様、それはお見立て違いです。仲間割れなど、とんでもない。この者たちは、私が先ほど大野郡司様の言われた同名衆への謀《はかりごと》に気付いたと思い、口を封じようとしたのです」

「嘘をつけ。お前が宗順と一緒に九郎左衛門殿のところへ淡雲を持って行ったのは、幾人もが見ておる。手代に化けたようだが、お前がだいぶ前からこの一乗谷で動き回っておったのは、わかっておる。初めから宗順や一向門徒どもと示し合わせておったはずだ」

痛い目に遭いたくなければ、ここで吐いてしまえ、と景鏡は迫った。嵐丸の言い訳に、耳を貸す気はないようだ。

「お前たちの企みに踊らされるほど、この景鏡は愚かではないわ。こんな小賢しいやり方で、朝倉家が揺らぐことなどない」

景鏡は、嵐丸たちを見下ろして哄笑した。少し落ち着いて考えれば、一向門徒と嵐丸たちの間に手を組むような事情はない、とわかりそうなものだが、景鏡は一度思い込んだら他のことは受け付けないらしい。本人が言うほど、頭は良くないのだろう。

クソめが、と嵐丸は朱美を睨んだ。思ったほど頭が良くないのは、この連中も同じだ。景鏡を動かすのに、一向門徒と繋がっていると疑われる者を使うとは。景鏡は何度も一向一揆と戦ううち、思うところがあったのだろう。朱美たちとしては、他に使える者がいなかったのかもしれないが、それこそ景鏡が言うように、詰めが甘過ぎる。おかげで、とんだとばっちりだ。

「ええい、もう良いわ。この者共を、我が屋敷に連れて行け。そこでゆっくり、吐かせてやろうぞ」

面倒になったらしく、景鏡が声を荒らげた。侍たちが数人寄って来て、嵐丸たちを立たせた。まずい成り行きだ。このまま何十人もが詰めている屋敷に引っ張られたら、逃げるのはかなり難しい。さて、どうする……。

そこに、馬が駆ける音が聞こえてきた。皆がそちらを振り向く。素襖姿の侍が、馬を駆って近付いて来る。侍の顔を見た嵐丸は、驚きに目を丸くした。明智十兵衛だ。しかもその後ろに、もう一頭。そちらに乗っているのは、道之助だった。

明智は景鏡のすぐ横まで来ると、手綱を引いて馬を止めた。続けて道之助も止まり、馬から飛び下りて膝をついた。

「何だ明智殿。そなたの出る幕ではないぞ」

景鏡は明智をねめつけ、不快そうに言った。

「邪魔をして申し訳ない。ですが、この者から何が起きているか聞いて、放ってもおけませんでな」

明智は道之助を示してから、気圧されることなく言った。

「だいぶ騒がしいことになったようだが、斬られたこの者たちは、一向門徒ですか」

「左様。捕らえたこの者も、仲間だ」

景鏡は、縛られた嵐丸たちを軍扇で指して言った。明智は首を傾げた。

「はて。この黒装束の女は知りませぬが、こちらの男と女は、ただの盗賊ですぞ」

「盗賊だと？」

景鏡は、眉を逆立てた。

「左様。淡雲を狙って来たが、贋物と気付いてから宗順と組んだ、ということです」

明智は道之助を指しながら言った。どうやら道之助が、事情を全部明智に話したらしい。

「待たれい。宗順と組んだなら、我が朝倉同名衆に対する謀にも加わっておろうが」

景鏡はなおも食い下がろうとしたが、明智はそれを制した。

「その謀とは」

景鏡は得意げな顔になり、滔々と語った。明智は頷きながら聞いていたが、聞き終わると首を傾げた。

「淡雲と申す肩衝の贋物を使って、同名衆の方々の間に不和の楔《くさび》を打ち込む、ということですか」

「いかにも」

「ですが、その程度のことで同名衆の結束は壊れますかな」

何？　と景鏡は眉根を寄せた。

「何が言いたいのだ」

「それがしは客分に過ぎませぬ故、いささか僭越にはございますが、同名衆がお支えする朝倉家は盤石、多少の揺らぎがあろうとも簡単に割れたりはいたしますまい」

「そ……それはそうだ」

明智は朱美の方に顔を向けて、言った。

「女、お前がこの者どもの頭か」

朱美は薄笑いを浮かべて見返し、「そうだ」と答えた。

「ふむ、どうじゃ女。我が朝倉家は、この程度のことでは揺るがぬぞ」

無駄な企みだったな、と景鏡は嘲笑った。朱美は不敵な笑いを消さぬまま、景鏡を見ている。さらにその様子を眺めていた明智は、何か得心したように「なるほどな」と呟いた。

「うん？　何だ明智殿」

呟きが聞こえたか、景鏡が振り返った。明智は、得たりとばかりに口元に笑みを浮かべた。

「大野郡司殿、確かにこの肩衝の企み一つでは、一時の不和が起きるのみ。手間の割に、大したことにはなりませぬ。それがしの見るところ、これはもっと息の長い話なのではないかと」

景鏡の顔に、困惑が浮かんだ。話が見えにくいようだ。一方、朱美の顔からは笑みが消えた。

「どういうことかな」

「はい。一つの企みでは朝倉家は揺るぎませぬが、このようなことが幾度か繰り返されたなら、如何でしょう。どれほど硬い岩といえども、何度も楔を打てばひびが広がって行く。そしていつか、一気に壊れまする」

それは、と景鏡は顔を歪めた。少しわかってきたらしい。

「此度の贋物のことは、これから度々、朝倉家を狙って起きる謀の最初のもの、と言われるのか」

「それがしはそのように考えます。これを見過ごしておれば、いずれ大ごとになる。

最初の謀を見破った大野郡司様は、さすがでございました」

うむ、いや、それはと、持ち上げられた景鏡は、満更でもない顔になった。

「どうじゃ女。お前たちは、これからもこのような揺さぶりをかける腹であったか。朝倉家を侮るでない」

景鏡は、勝ち誇ったように朱美を見下ろした。朱美の方も、鋭い視線を向けて嗤う。

「さて、どうかな。次々に揺さぶりが起きるとして、それを全て見抜き、収めることがお主らにできるか」

「そのつもりで備えておけば、大概は収められるものだ」

明智はいかにも自信ありげに言った。朱美は顔を歪め、唾を吐いた。

「さて大野郡司殿。これを教訓にすれば、向後幾ら謀が繰り返されても、恐れるに足りませぬ。故に、この最初の対応が肝心かと」

「確かに。どうすべきとお考えか」

景鏡は、明智の弁舌にすっかり引き込まれている。

「これは、何事もなかったような顔をしておくのが、最善と存じまする」

「騒がぬ方が良い、と言われるのか」

「左様にございます。贋物だと騒ぎ立てるより、本物だろうということにして、騙されておく。つまりこの謀によって、朝倉家に何も起きることはない。次の謀があっても、やはり同様とする。さすれば、仕掛けた敵方も効果なしとして諦めましょう」

逆に、朝倉家が泰然自若としているのを、見せつけてやるのです、と明智は言った。景鏡は、この策が気に入ったようだ。

「泰然自若か。なるほどな」

「御屋形様にはそれがしから、大野郡司様のお働きも含め、このこと申し上げておきます」

「左様でござるか。承知した」

景鏡は、先ほどの苛立ちが嘘のように、落ち着いている。景鏡の扱いをよく心得ている辺り、この明智十兵衛、なかなか食えない男のようだ。

「宗順はどうする」

「このまま、帰しましょう。千五百貫はちょっと惜しいですが」

「なあに、息の長い謀を潰せたとあれば、安いものよ」

景鏡は笑って、嵐丸たちを指した。

「では、この者もか」

「盗賊二人については、害はありますまい。一向門徒の女には、まだいろいろ、聞くべきことがありましょう。一乗谷で詮議すべきかと」

うむ、と景鏡は頷き、早速嵐丸と麻耶の縄を解くよう、配下に命じた。地獄に仏か、と嵐丸はほうっと息を吐いた。

大事な街道を、いつまでもこんな血生臭い有様にはしておけないので、景鏡は配下に一向門徒の死骸を片付けさせ、自分は縛られた朱美を連れて屋敷に戻って行った。

「明智様、お助け頂きありがとうございました」

縄を解かれた嵐丸と麻耶は、改めて明智に丁重に礼を言った。

「礼ならそっちの男に言うがいい」

明智は後ろに控えた道之助を指した。道之助は照れ笑いを浮かべ、頭を掻いている。嵐丸は道之助の傍らに寄り、肩を叩いた。

「この野郎、お前が消えたから、てっきり元々の朱美の仲間だったのか、って思っちまった」

「いや、何せ相手が多かったからな。助けが要ると思ってさ。あんたから聞いてた限りで一番頭が切れ……いやその、話がわかりそうなお人のところへ、飛んで行ったんだ」

　途中で景鏡の軍勢とすれ違ったので、さらに厄介なことになると思って慌てたよ、と道之助は付け足した。

「明智様、よくこの男の話をお信じになりましたね」

　麻耶が言った。

「話に筋が通っていたんでな」

　明智は事もなげに言った。それだけではあるまい、と嵐丸は思った。配下を金木屋に張り付けていたくらいだから、明智は恐らく、自身でもいろいろと摑んでいたのだ。

「淡雲について武部様からお尋ねがあった時、どんな話をなすったんです」

　明智はちょっと眉を上げた。嵐丸がそのことを知っているのが、意外だったようだ。

「京で淡雲の噂を聞いたことは、これまでになかったと話した。急に噂になって出て来たのには、何かあるのかもしれん、とな」

「それについて、明智様はどう思し召しに。淡雲は、今も行方がわからぬままですか」

「まあ、そういうことなんだろうな」

明智は曖昧に濁した。事情通の彼と雖《いえど》も、確たる考えはないようだ。

「それから……此度の一件、裏で仕掛けたのは誰でしょうか。明智様のおっしゃった、長い目での謀を企むような者は」

「それは儂からそなたに言うような話では、ないな」

明智はぴしゃりと言った。盗人ごときが首を突っ込むな、ということか。

「出過ぎたことを申しました」

嵐丸は素直に引き下がった。であれば、自分で見つけるまでだ。

「では、もう行くがいい。銀は、そのまま持って行け」

没収されても文句は言えなかったが、謀を暴くことになった褒美と、口止め料というわけか。嵐丸は神妙に「ははっ」と頭を下げた。

明智は背を向け、馬に跨《また》った。嵐丸たちがもう一度、深々と頭を垂《こうべ》れると、明智は馬に一鞭《ひとむち》くれ、速足で一乗谷に向けて去って行った。

「さあ。朱美に襲われた時、命を救われた借りは返したぜ」

道之助は勢いよく、嵐丸と麻耶の背中を叩いた。

十三

今庄、敦賀を経て三日目に近江に入った。朝倉館では、淡雲が義景にお披露目されたのだろうか。贋物とわかっている以上、華やかな席は設けられまい。景紀と景鏡と明智は、義景にどう事情を説明しただろうか。嵐丸たちに追手がかかっていない、ということは、明智の言った通り、何事もなかった風を装ったのだろう。それはほぼ確信できたが、敦賀に泊まった時は、景紀の配下が何かしてこないかと、幾分は緊張して過ごした。無論、何事も起きなかった。

野盗に狙われることもなく、無事に道中を進み、塩津の湊に着いた。だが嵐丸は、そこで一休みしただけで、船を頼もうとはしなかった。

再び馬を曳いて歩き出したので、道之助は驚いた顔で尋ねた。

「おいおい兄貴、どこへ向かうんだい。てっきり船で琵琶の湖を渡ると思ったのに」

「もうちょっと先だ。行く当てがあるんでな」

嵐丸はそれだけしか言わなかった。麻耶も道之助も訝しんだが、嵐丸に考えがあるなら、とおとなしく従った。

浅井家の関所を、長浜《ながはま》に大商いの買い付けに行く商人だと称して通った。関所番への袖の下も、忘れない。嵐丸は小谷の城下を過ぎ、長浜への道をとった。

「長浜に何かあるのかい」

道之助は麻耶に小声で聞いたが、麻耶も心当たりはないと答えた。

長浜の手前に、大きな村があった。嵐丸は街道を外れ、その村に入って行った。もう日暮れに近かったが、村の家々からは煙が立ち上り、何やら鍛冶仕事のような、カンカンという音も響いている。そこで麻耶が気付き、「あっ」とくぐもった声を漏らした。

「ここって、国友村《くにともむら》ね」

「えっ、国友かい」

道之助が目を見張って、立ち並ぶ家々を眺めた。

「国友と言やあ、鉄砲鍛冶だ。そんなところに、何の用が」

嵐丸は道之助の問いかけに手を振るだけで答えず、一軒の大きな家に足を踏み入れた。

「よう、権八《ごんぱち》さん、いるかい」

　戸口で声を掛けると、奥からのっそり、五十くらいの色黒の男が出て来た。そして嵐丸の顔を見ると、破顔した。

「なんだ、嵐丸か。まだ生きとったか」

「生きとったか、はご挨拶だな。そう簡単に死にゃしねえよ」

　二人は、思わぬ成り行きに目を瞬いている麻耶と道之助をそのままに、互いの肩を叩き合った。

「こっちは、俺の仲間の麻耶と道之助だ。おい、こっちは国友村の鍛冶の頭の一人で、権八ってお人だ」

　麻耶と道之助が、当惑しながら一礼すると、権八は軽く頷きを返してから、麻耶の顔を覗き込んだ。

「おや、こりゃあ大した別嬪じゃないか。お前の女か」

　麻耶が「はあ?」と目を剝くのを慌てて抑え、「いやいや、仕事仲間だって」と嵐丸は権八の顔の前で手を左右に振ってみせる。権八は、ニヤリとした。

「そうかい。その割には、そちらの別嬪さんは顔を赤くしとるがのう」

　えっ、と振り向いたが、麻耶はそっぽを向いていた。道之助が噴き出す。ええい、と舌打ちして、嵐丸は権八に言った。

「仕事だ。出物はあるか」

「買いたいと言うのか」

ああ、と嵐丸は頷く。後ろで道之助が、ぽかんと口を開けた。

「どれくらい」

「五十挺」

ええっ、と道之助の甲高い声が上がったが、嵐丸は気にもしない。権八は、ふむ、と腕組みした。

「今引き渡せる分だけでは足りんな。三日待ってくれれば、揃える」

「ちょうどいい。売り先の相手をここに来させるのに、四日はかかるからな」

その間、泊まれるかと嵐丸は聞いた。

「うちの離れを使え。三人なら充分だ」

助かるよ、と嵐丸は微笑む。

「売り先、と言ったな。呼ぶなら、文を出すのか」

「その手配も頼む」

承知した、と権八は請け合った。

「で、代金の方だが」

「銀で七百五十貫、持って来た」

「七百五十、か。よかろう」

権八は、満足の笑みを浮かべた。

「それじゃあ、早速夕餉にするか。ちょうど今日の仕事も終えるところだ。久しぶりだし、ゆっくり飲むとしようや」

権八は嵐丸の背中を押して、離れの方に案内した。麻耶と道之助は、まだ嵐丸の考えがよくわからない様子のまま、後をついて行った。


その夜は、権八の家で宴《うたげ》になった。嵐丸を見知っている鍛冶も何人かいて、権八がその連中を呼び集めたのだ。鍛冶たちは嵐丸の武勇談に手を叩き、道之助の戯れ唄に笑い、麻耶の美貌に目を吸い寄せられた。

遅くまで騒ぎ、離れに引き取ってから、麻耶が聞いた。見た目ほどには飲んでいなかったらしく、声に酔いは感じられない。

「嵐丸、あんた国友村と随分親しかったのね」

「ああ。何度か鉄砲の買い付けに来た」

「そんな商売までやってるとは、知らなかった」

「盗んだ物を鉄砲に替えた方が、儲かることもあるんでな」

へええ、と麻耶は少し感心した風である。

「それで今度も、朝倉の銀で鉄砲を買って、どっかに高く売ろうってのね」

「そういうことだ」

宗順に、銀は金木屋に預けて様々な物を買い付け、商いにするのだと言われて、そう言えばこの手があったな、と思い出したのだ。

「どのみち、国友は越前から近いし、京への道筋だからな」

「ふぉ、なるほど、兄貴、さすがだァね」

横で聞いていた道之助が、呂律の回らない声で言った。こちらは相当飲んでしまったようだ。いやあ大したもんだ、俺なんかとは頭が違う、などとのたまっていたが、間もなく仰向けになって鼾をかき始めた。

「それで、売り先は」

ふむ、と嵐丸は思わせぶりに顎を撫でる。

「そっちに宛てた文を、権八に預けておいた。夜明け前には使いの者がここを出るはずだ」

「で、四日で来る、って言ったよね」

麻耶は、したり顔になった。

「勘定すれば、だいたいどこが相手なのか、わかるね」

嵐丸は返事をせず、ふん、と笑った。

「で、それまであたしたち、ここで待つわけ？」

「そうだ。久しぶりにのんびりできるぞ」

「のんびり、は性に合わないなあ。退屈しそう」

麻耶は少しばかり不満そうに言った。その間に、小谷か長浜の商家でも狙ってみようか、などと考えたかもしれない。

「退屈かい。じゃあ、どうだ。道之助は少々のことでは起きやしないし、せっかくこうしてひとつ屋根の下でゆっくりできるんだ。こっちで一緒に……」

そうっと手を伸ばしながら囁いたが、終《しま》いまで言い終わらないうちに、麻耶の肘打ちが飛んできた。


それから三日、何をするでもなく過ごした。鉄砲鍛冶の仕事場を見せてもらうなどして、それは確かに興味深かったが、それだけで暇は潰れない。

麻耶と連れ立って、琵琶の湖の岸辺まで行ってみた。さすがに水浴びをする季節は過ぎていたので、二人して水際に座り、西に連なる比良《ひら》の山々を眺めた。乱世ではあるが、日々全てが戦乱の煙の中にあるわけではない。今、こうして湖を渡って来る心地良い風に吹かれていると、矢玉の音も打ち合う刀の響きも、遥か遠くの異国の話のようにさえ思える。

嵐丸は、傍らに座る麻耶の腰に、手を回しかけた。だが、思いとどまった。どうせまた、張り倒されるに決まっている。

いや、待てよ。この穏やかな景色の中では、また麻耶の思いも違ってくるのでは。思い切って片手を伸ばし、麻耶の腰を抱いた。意外というか期待通りと言うか、麻耶は抗おうとしなかった。そればかりか、少し嵐丸の方に身を寄せた気がする。うむ、これは……。

「なあ兄貴よぉ。買い手は間違いなく来るのかい」

後ろの葦《あし》の繁みの向こうから、道之助の声がした。麻耶ははっと身をよじり、嵐丸は仕方なく手を引っ込めた。あの馬鹿野郎、どれだけ気が利かないんだ。葦に隠れて、こっちの様子が見えなかったのか。

「来るよ。要らん心配をするな」

いささか不機嫌に返事してやった。道之助は、首を竦めた。

「いや、疑うわけじゃないんだが、五十挺の鉄砲だぜ。それだけの代物を七百五十貫も右から左に用意して、すぐに買いに来る奴なんて、本当にいるのかなって」

「八百貫だ」

嵐丸が軽く言い直してやると、道之助は絶句した。

「八百？　どうして」

「手間賃くらい乗せるのは、当たり前だろうが」

道之助は、自分の額をぴしゃんと叩いた。

「こいつァまいった。兄貴も大した商人だ」

「今のうちに、せいぜい見習っておきなさいな」

笑いながら、麻耶が言った。本当だ、と道之助が頷く。

「するってえと分け前は……」

「俺と麻耶が三百二十ずつ、お前が百六十だ」

有難《ありがて》ぇ、と道之助は手を叩いた。

「まあ、待つのが嫌だってんなら、お前だけ百五十持ってここから消えてもいいぜ」

「とんでもねえ」

道之助は慌てたように手を振った。

「何でも兄貴の言う通りにするよ」

「よしよし、それでいい。さて、じきに夕餉だな。帰るとするか」

嵐丸は麻耶を促して、立ち上がった。麻耶はついさっき、腰に回した嵐丸の手を受け容れたことなど、毛筋ほども顔に表していなかった。


嵐丸の言った通り、四日目に買い手が到着した。十頭の荷駄を伴った、二十騎ほどの鎧武者たちだ。武者たちは兜を被らず、太い腕をむき出しにした屈強な男どもで、侍と言うより野伏せりに近いように見えた。だが彼らを率いている男だけは、随分と小柄で、およそ強そうには見えないのが可笑しかった。

買い手の大将は馬を下りると、出迎えた村長と権八に挨拶してから、嵐丸の方に歩み寄って気安く腕を叩いた。

「おう嵐丸。相変わらず急に無茶な話を振ってくるな」

ふふっと嵐丸は笑う。

「だが、しっかり乗って来たじゃないか。いい買い物だと思うぜ、藤吉郎《とうきちろう》」

嵐丸は積み上げられた鉄砲の箱を示して言った。権八が心得て、箱の蓋を開け、中身を見せる。

「おう、さすがに国友鉄砲、見事な出来だ」

中の一挺を取り上げて構えてみた木下《きのした》藤吉郎は、満足の声を上げた。

「うちの殿が鉄砲にご執心だと、充分承知で持ちかけてきたな」

藤吉郎は戯れに鉄砲を嵐丸に向けて、言った。

「そりゃあ、そうだ。いきなり五十挺買わないかと言われて、何も聞かずに即座に買うなんてのは、織田上総介《おだかずさのすけ》様以外に誰もおらん」

「お前、うちの殿のことはあまり好かんと言ってたじゃないか」

「好き嫌いと商いは別だ。絶対買ってくれそうなところに持ちかけるのは、当然だろ」

確かにな、と藤吉郎は笑い、鉄砲の筒先を下げた。

「小六《ころく》、鉄砲を馬に積んでくれ。それから、あれを」

藤吉郎に言われた蜂須賀《はちすか》小六は、おう、と応えると、配下に鉄砲の箱を持ち上げさせ、自分は嵐丸の前に来た。

「しばらくだな。この前は、こっちは野伏せりの格好だったが」

「今も大して変わらんじゃないか」

この野郎、と小六は笑って嵐丸を小突いた。それから、背負っていた袋を下ろし、その口を開いた。小分けした袋が二つ、入っている。藤吉郎はそれを取り出した。

「ほれ。お前の注文通り、嵩張らない砂金にした。こっちが三百二十貫、こっちの小さい方が百六十貫だ」

ありがとうよ、と嵐丸は受け取った。

「こいつは、そっちの二人の分なのか」

藤吉郎が、後ろに控えていた麻耶と道之助を指して言った。麻耶がまず、進み出る。

「織田様ご家中の、木下藤吉郎様でございますか。麻耶と申します。お見知り置きを」

「おう。これはまた、類い稀なる美形じゃな」

藤吉郎の目が輝いた。藤吉郎の女好きを知っている嵐丸は、袖を引いて囁いた。

「気を付けろ。下手に手を出すと、一瞬で睾丸を切り落とされる。これは戯言じゃないからな」

藤吉郎の眉が吊り上がった。

「女でも、綺麗過ぎると毒がある、ってか」

小声で応じてから、道之助に目を移した。

「あ、ああ、俺はその、道之助と申します。俺も、お見知り置きを」

藤吉郎は、そうかと素っ気なく言って、すぐまた嵐丸の方を向いた。

「それでお前の取り分だが、妙な注文だったな」

「ああ。用意はできそうか」

「うん。津島《つしま》湊に人をやって、適当なものを探させてる。お前が来る頃には、見つかってるだろう」

「さすが何事にも目端の利く藤吉郎殿だな」

嵐丸がおだてるように言うと、藤吉郎は当然のような顔をした。それから声を潜める。

「朝倉についての話だが、後でそれも聞きたい」

ああ、と嵐丸が頷くと、藤吉郎は麻耶に「では」とにこやかに一礼して、小六たちの方に戻った。嵐丸は藤吉郎の方に背を向けて、麻耶に砂金の袋を渡した。続けて、道之助にも。

「やれやれ、これなら一人で持って行けるな」

道之助は安堵したように砂金の袋を持ち上げ、撫でまわした。

「それで、兄貴、麻耶姐さん、これでお別れかい」

そうだな、と嵐丸は言った。

「いろいろあったが、お前の働きも悪くなかったよ。助けられたこともあったしな」

「ああ、うん」

道之助は、俯き加減になった。それから、ああそうだと懐に手を入れた。

「これ、例の眠り薬の使い残しだ。餞別ってわけじゃないけど、良かったら使ってくれ」

そうか、と嵐丸は受け取った。使う当ては今はないが、あれば確かに便利だ。

「また兄貴と仕事ができたらと思うよ」

「機会があればな」

道之助は頷き、名残惜しそうに言った。

「じゃあ兄貴、麻耶姐さん、世話になった」

道之助はもう少し何か言いかけたが、やめた。思いはあるが、言葉には敢えてしなかったようだ。そのまま権八の離れに入り、僅かな荷物をまとめて出て来ると、砂金の袋を携えて銀を運んで来た馬の一頭に跨った。そして大きく嵐丸たちに手を振り、街道の方へと向かった。

道之助の背中が見えなくなってから、麻耶が言った。

「あいつのこと、どう思う」

「どう思うって？」

嵐丸は麻耶の顔を見た。道之助に向けていた笑みが消えている。

「本当にただの盗人だったのか、ってことよ」

「ほう。何か疑わしいことでもあるのかい」

言われて麻耶は、口籠った。

「いやその、はっきりこうだってわけじゃないんだけど、何となく」

何となくか、と嵐丸は笑った。

「確かに、変な奴ではあったよな」

「そういうんじゃなくて……ただの盗人風情なら、朱美もわざわざ命を狙わずに、放っておいても良かったんじゃないかって。あいつがいろいろ知ってたとしても、それを誰に話すっていうの。余計な仕事を増やしても、本来の仕事の邪魔になるでしょうに」

「ふん。それはそうかもしれんが」

嵐丸は首を傾げてみせる。

「それだけか？」

「うーん、それだけっちゃ、それだけだけど」

麻耶も確信めいたものがあるわけではなさそうだ。

「もういいじゃないか。あいつは行っちまったんだ」

だよねえ、と麻耶も軽く嘆息し、肩を竦めた。

「要らぬ心配かな」

「ああ。で、お前はどうするんだ」

「取り敢えず、都に行く」

そうか、と嵐丸は応じてから、確かめるように言った。

「やり残してること、わかってるよな」

うん、と麻耶は口元に笑みを見せた。

「繋ぎはどこにすればいい」

「三条《さんじょう》西洞院《にしのとういん》、梅屋《うめや》って宿」

そこを押さえておく、と麻耶は言った。目星を付けてあるようだ。

「わかった。ひと月ほどはかかると思う」

麻耶は黙って頷くと、じゃあ、と軽く手を振った。

「馬は使わないのか」

「女一人が馬で旅してたら、目立つでしょう」

麻耶は頭を手拭いで桂包《かつらづつみ》にすると、砂金の袋を葛籠に納め、それを背負った。これなら美貌も目立たず、近場を行商する女に見える。

麻耶はもう一度、「じゃあね」と言って背を向け、村を出て行った。

名残惜しくなってその背を目で追っていると、藤吉郎に背中をどやされた。

「あれァ、お前の女じゃないのか」

「かもしれんのだが、俺にもわからん」

何だよそりゃ、と藤吉郎は呆れ顔になる。

「意味がわからんぞ」

「だから、俺にもだ」

ふうん、と藤吉郎はからかうように嵐丸の顔を覗き込んでから、真顔に戻った。

「さて、朝倉の話を聞こうか」

嵐丸は頷き、四日過ごした離れを顎で示した。

「そうか。やっぱり同名衆は、一枚岩ではないか」

嵐丸から一乗谷での話を聞いた藤吉郎は、満足そうに言った。

「義景が重石として睨みを利かせていれば、家中が乱れることはあるまいが、やはり噂通り、そうではないと」

「そうだ。義景については、漏れ聞く限りだと人となりがどうもわかり難い」

「摑みどころがなくて、何を考えてるのかよくわからん、ということか」

まあそんな感じらしいな、と嵐丸が評すると、藤吉郎は心得顔になった。

「こちらが聞き込んでいる噂の、裏付けになる。付け入る隙は多くありそうだな」

「何か仕掛けるのか」

嵐丸は聞いてみた。であれば、それに乗じて盗人仕事ができるかもしれない。だが藤吉郎は、笑ってかぶりを振った。

「まだそんな時期ではない。まずは稲葉山《いなばやま》城だ」

美濃の斎藤家の話だ。今、織田家にとってはそこが最大の敵だった。しかし当主が今の斎藤龍興《たつおき》になってから、その資質に疑念を抱く重臣が増えているという。攻め時と見た織田方は度々美濃に入り、小競り合いを繰り返していた。

「しかし朝倉が盤石でないとすると、次の手は自ずと決まってくる」

ははあ、と嵐丸は思った。この流れで行くと、織田信長《のぶなが》が狙う先は見当が付く。

「浅井と、結ぶつもりだな」

浅井と朝倉は、前々から深い繋がりがある。朝倉が盤石なら、浅井は南近江の六角氏との対抗上、そちらに侍《はべ》る。だが朝倉家に軋みがあるなら、織田の誘いに乗るかもしれない。織田家としては、斎藤家を挟み撃ちする格好になるし、長い目で見れば、信長が目指すであろう上洛の際、六角を攻める時の後備えとなる。これは良策だった。

「さて、どうかな」

藤吉郎は思わせぶりに呟き、ニヤリとしてみせた。もう既に、いろいろと手を打ち始めているに相違ない。

「ところで、淡雲とかいう肩衝だが、そんなに値打ち物なのか」

藤吉郎は、いきなり話を変えてきた。

「そりゃあ、三千貫と言われるくらいだからな」

「お前にとっても、一番の獲物じゃないか」

しかし三千貫かよ、と藤吉郎は嘆息した。

「たかがちんまりした壺みたいなやつ、一つだろ。俺の禄高が幾らか、お前、知ってるか」

「知るか。知ろうとも思わん」

なんでそんなものに血道を上げるのかねえ、と藤吉郎は首を振った。

「しかし、良い茶道具に高値が付けられるなら、いろいろと使い道があるだろう。茶の湯をたしなむ大名公家は、近頃どんどん増えてるからな」

そこだよ、と藤吉郎は膝を打った。

「うちの殿も、そこに目を付けてる。茶が好きとか嫌いとか言うより、使い道によっては兵千人に勝る働きがあるやも、なんてな」

「今一つよくわからんが」

俺もだ、と藤吉郎は笑った。

「しかしその辺り、うちの殿の勘は鋭い。俺なんぞは、まだまだだ」

まだまだだ、か。自分を信長と直に引き比べるとは、相変わらず偉そうな奴だ、と嵐丸は腹の内で笑った。

「淡雲、上総介様なら三千貫、出すかね」

うーんと藤吉郎は唸った。

「三千はさすがにきつかろう。しかし、是非欲しいとは言われるだろうな」

言いながら藤吉郎は、嵐丸の顔を窺っている。嵐丸は苦笑した。

「俺に盗んで来い、とでも言うのか」

「いやいや、そんなつもりはない」

藤吉郎は、慌てたように言った。

十四

浜名の湖は、今切《いまぎれ》で遠州灘と繋がっている。もともとは砂州で分けられていたのだが、六十数年前の大地震で砂州が崩れ、海から出入りができるようになったのである。浜名の奥にある気賀の湊は、このおかげで水運の要地となり、栄えた。

「旦那、気賀が見えたぞ」

船頭が指差して大声を出したので、嵐丸は舳先に出て先を見つめた。岸辺の家々の屋根が、次第に形を成してくるのがわかった。

(無事、帰って来たか)

嵐丸は、ほっと息をついた。津島湊で、藤吉郎が嵐丸の頼みで手配しておいたこの船を、船頭水夫ごと買い取り、見繕った反物などを載せてここまで航海してきたのだ。その代金はもちろん、あの分け前の三百二十貫だった。

船着き場がすぐ目の先に近付き、船頭は帆を畳むよう命じた。舫綱が投げられ、船はゆっくり、石積みの船着き場に横付けされた。すぐに板が渡され、嵐丸は真っ先に陸《おか》に下り立った。顔なじみの三十過ぎの商人が一人、嵐丸の顔を見つけて寄って来る。

「おお、嵐丸。しばらくだな。景気はどうだ」

嵐丸は笑顔で「まあまあだ」と応じた。

「ちょうどいい。津島から反物を運んで来た。そっちで買わないか」

ほう、と商人は目を輝かせる。

「尾州《びしゆう》の綿織か。どれどれ」

商人は嵐丸に示された、船から下ろしたばかりの箱を検めた。その場で反物を少し広げてみて、ふむふむと頷いた。

「上物だな。これなら遠州、駿河《するが》、どこでも売れるだろう。うちで引き取ろう」

商人はすぐに買値を示し、嵐丸が「うむ」と唸ると、人足を呼んで反物の箱を自分の店に運ぶよう、命じた。

「いつもながら、動きが早いな」

「商いは拙速をもって良し、だ。儲けを逃がしちゃいかん」

商人は船を指して問うた。

「荷はこれだけか。半分も積んでないようだが」

「ああ。船をこっちへ持って来るのが主だったんでな。反物は、ついでみたいなもんだ」

「船を、こっちへか」

商人は怪訝な顔をした。

「なかなか立派な船だが、どこの持ち船だね」

俺さ、と嵐丸が答えると、商人はびっくりして嵐丸を見つめ直した。それには取り合わず、嵐丸はすたすたと歩いて、「青海屋《あおみや》」という看板のかかった、気賀で一番大きい船問屋《ふなどいや》に入った。

主人を連れ出して船を見せ、船頭たちを引き合わせ、一刻ほどで話はついた。夕刻までに証文を作っておく、と言う主人の両肩を、よろしく頼むと叩いて、嵐丸は町の外れに向かった。家並みの先、少し山の手に入ったところにある隆雲寺《りゅううんじ》という寺が、嵐丸の行き先だ。

山門の前では、七、八人の子供たちが、石蹴りをして遊んでいた。賑やかな歓声が、道に溢れている。中の一人が嵐丸に気付き、飛び上がって駆け寄った。

「嵐丸兄ちゃん、お帰り！」

はしゃぎ声を聞いて、寺の土塀の脇にある家からも、子供たちが出て来た。嵐丸は忽ち、二十人余りの子供たちに囲まれていた。いずれも親を戦や病で亡くした子らで、この家で共に暮らしている。それを支えているのは、嵐丸が稼いで来る金だった。

子供たちの後ろから、六十をだいぶ過ぎた僧侶が現れた。隆雲寺の和尚《おしょう》、慈覚《じかく》だ。

「なんだ和尚、本堂じゃなくこっちにいたか」

嵐丸が気軽に声を掛けると、慈覚は、ほほっと笑った。

「経なんぞ読むより、子供と戯れておった方が長生きには良い」

「百まで生きるつもりかよ」

「それも悪くないのう」

相変わらずしぶとい坊主だ、と嵐丸は苦笑する。

「嵐丸兄ちゃん、一緒に石蹴りに入っとくれよ」

子供の一人が、せがんだ。よしよし、と頭を撫で、嵐丸は「さあどっちだ」と構える。こっちだ、あっちだ、との声が上がり、嵐丸は手近の石をまず蹴った。子供たちの声が大きくなる。

「長旅だったんじゃろう。奥で休んだらどうだ。お前の家でもあるんだから」

なあに、と嵐丸は手を振った。

「あんたの言い草じゃないが、こいつらと無心に遊ぶのが、疲れには一番効く」

まあ好きにせい、と慈覚は笑った。

「それに、夕刻には青海屋で証文を交わすことになってるんでな」

「青海屋？　船問屋の？　何の証文じゃ」

盗人が証文と聞いて、慈覚は訝しむ様子を見せた。何かの悪巧みかとでも思ったのだろう。

「真っ当な商いだ。船を貸すのさ」

「借りるのではなく、貸す？　誰の船を」

「俺の船だよ。津島で買って、ちょっと前に湊に着いたところだ」

「船を手に入れておったのか」

慈覚はすっかり驚いたようだ。

「いったいどうして船なんか」

「青海屋に貸して、節季ごとに代金を貰う。いい商いになるかと思ってさ」

これは国友村に行く前に、考え付いたことだった。銀を鉄砲に替え、さらに砂金に替える。しかし宗順が言ったような商いには、足りない。そのままでは、利は生まないからだ。金は貯め込んでも増えない、使って儲けないと、という宗順の言葉が、妙に胸に刺さっていた。

そこで嵐丸は、気賀の青海屋が、商いを広げたいが船が足りない、と漏らしていたのを思い出した。ならば嵐丸が今度得た金で船を買い、青海屋に貸して代金を取るのはどうだ。船なら自分で動くわけだから、持ち運びの手間は不要だ。気賀に回航して、青海屋に話をつける。断られても、船問屋は幾つもある。買い手が見つかるまで、嵐丸自身が船運をやってもいいのだ。船は何年か貸し出した後、転売すればいい。

いい考えだと思った嵐丸は、国友村から出した文に、自分の分の砂金を使って船を買い付けるよう、藤吉郎に頼んでおいた。盗人が船と聞いて藤吉郎は面喰らったろうが、さすがに仕事の段取りにかけては織田家中でも一番と言われるだけに、抜かりはなかった。そうして嵐丸は船を手に入れ、ついでにと買った反物を幾らか積んで、津島から気賀へと向かったのだった。

「ふうむ。ではしばらくの間、青海屋から途切れずに金が入って来る、ということか」

嵐丸の話をよく解した慈覚は、それはいい話だと顔を綻《ほころ》ばせた。

「危ない橋を渡らずとも金になる、というのは素晴らしい」

「和尚も、いつ入ってくるかわからない俺の稼ぎを当てにするより、安心だろう」

その通りだな、と慈覚は正直に言った。

「しかし万一、嵐か何かで沈んでしまったら、どうなる」

不吉なことを言うな、と嵐丸は顔を顰めた。

「そうならないように、せいぜい仏にお祈りしといてくれ。それこそあんたの商売だろ」

もっともじゃな、と慈覚は光る頭を撫でた。

七日の後。嵐丸は、堺にいた。気賀では青海屋と証文を交わした後、ほんの一日休んだだけで、すぐこちらに向かったのだ。その狙いは言うまでもない。本物の、淡雲肩衝だった。

いつも通り旅の商人に扮した嵐丸は、宗順の山田屋が見通せる茶店に座っていた。商人の町の堺では、一番ありふれた格好だ。しかし同じ場所に長居はできないので、嵐丸は度々着物を替え、人とあまり顔を合わせて覚えられぬよう気遣いながら、ずっと山田屋の周りを張っているのだ。

宗順は嵐丸たちが国友村を出た頃、堺に戻っていた。急がず、悠々と道中を進んで来たようだ。嵐丸としては、宗順が堺に着くのを待ち構えてずっと見張っておきたかったのだが、そうも行かなかった。ただ、堺に戻ってそんなにすぐには動くまい、という読みもあった。帰ってすぐ動いては一乗谷との絡みを勘繰られるし、特に急いで何かする必要もないはずだからだ。

そう思ってこれで三日、宗順の動きを窺っているのだが、今のところ何も見えなかった。

（あいつめ、ここからは何を企んでいやがるのか）

明智の見立てでは、贋淡雲は朝倉家にじわじわと亀裂を入れていく企みの、手始めだということだ。本当にそういう気の長い謀だとして、宗順はどこまで関わるのか。淡雲の一件にだけ、加わったのだろうか。

（いや、宗順は既に朝倉家にとっては敵も同然となってしまっている。次の仕掛けなど、できないだろう）

元々の思惑がどうであれ、やはり宗順の関わりは淡雲肩衝だけで終い、となるしかない。だとしても、一度は裏で全体の絵図を描いた誰かと、話をするのではないか。

嵐丸はそれを期待していた。本当の仕掛け人が知りたい、というだけでなく、もしかすると本物の淡雲に繋がる手掛かりになるのでは、という考えがあったからだ。

嵐丸が狙うのは、あくまで淡雲肩衝だった。ここまで関わり、焦らされているような気分に追い込まれていた。一乗谷でこの件を聞くまでは、いくら噂に出始めたとはいえ、淡雲を手に入れようという考えなど、なかったにも拘わらず、である。人の性《さが》とは、まったくおかしなものだ、と嵐丸は自嘲気味に思った。

宗順は、昼をだいぶ過ぎて動いた。店の表に鞍をつけた馬が曳いてこられたので、これはと思い近付いてみた。すると牢人風の四人が店から出て、馬を囲むように立った。よく見たところ、一乗谷で淡雲を護っていた連中に違いなかった。よし、と嵐丸は拳を握った。いよいよ宗順が動くようだ。

間もなく胴服姿の宗順が現れ、馬に乗った。一乗谷で着ていた、金糸銀糸を使った贅沢なものではなく、くすんだ茶色だ。笠も被っており、目立たなくしているのがわかる。四人の牢人が周りを囲み、一人が馬の轡《くつわ》を取った。一行はゆっくり歩き出した。

嵐丸の期待は高まった。馬を使うということは、行き先は近くではない。番頭や手代が誰もついて来ず、護衛の牢人だけというのは、明らかに普通の商いではない。これは何かある。嵐丸は気付かれぬだけ離れて、宗順たちを尾け始めた。

東の方にしばらく進んだ。平野《ひらの》に行くのだろうか、と嵐丸は思った。堺と同じく独立した商人の町である平野は、少し小さいものの、同様に堀と塀を巡らせ、守兵を雇っている。宗順と何か内密の談合があっても、おかしくはない。

途中で、違うなと思った。平野より南の方に行く先があるようだ。しかしそちらは応仁の乱以来、度々戦場となったところで、昔あった村もなくなり、荒れているはずだが。

廃村らしき場所を過ぎたところで、おや、と思った。その先に、大きな屋根が見えた。他に小ぶりな屋根も三つ。四軒ほどの家が建っているらしい。宗順はそこに真っ直ぐ向かっていた。

宗順は馬を一番大きな家の前に停め、下りて中に入った。その表を、四人の牢人が固める。嵐丸は少し離れた葦の繁みに入り、様子を窺った。周りは湿地で、大して木も生えておらず、遠くまで見通しが利く。これなら何者かが近付こうとしても、すぐにわかる。だが、身を伏せて葦に隠れ、そっと近付いてから隙を見て屋根に飛び上がるのは、できなくはなかろうと思えた。

家は一見すると古いように見えたが、どうやら廃材を使って建て、古く見せかけてあるらしい。住人が去った廃村の名残の如くに仕立てているのだ。誰か力のある者が、あまり知られたくない会合に使うため、用意したものだろうと嵐丸は推測した。

そのまま、じっと待った。日は傾き始めている。こんなところで夜に会合はなかろうから、相手はもうすぐ来るはずと嵐丸は考えていた。

葦の原の向こうに、影が現れた。馬に乗っている。全部で四騎。急ぐでもなく、真っ直ぐに近付いて来る。牢人たちの目が、そちらに向いた。動くなら今だ。嵐丸は葦の陰から建物の裏手に回り、納屋らしい小さい方の一軒の屋根に飛び上がった。母屋の屋根に隠される形になるので、誰からも見えない。

嵐丸は続いて、母屋の屋根に飛んだ。どの屋根も藁《わら》葺《ぶ》きで、これを破るのは無理だったが、廃材で建てただけに壁の隙間は幾つもあった。その一つを慎重に広げ、嵐丸は天井裏に潜り込んだ。こんな百姓家風の建物に天井があることが珍しいが、家の中はかなり立派に設えてあるようだ。嵐丸としては有難い。

中は板敷きの二間だけだった。土間から入る表側の部屋には、囲炉裏が切ってある。奥は板戸で仕切れるようになっており、宗順がそこに座っていた。他には誰もいない。

蹄の音に続いて人が馬から下りる音が聞こえ、間もなく四人の侍が家に入って来た。一人は直垂姿だ。これが頭らしい。年は結構上で、四十半ばくらいか。頭を剃っているので、仏門にいる者だろう。嵐丸は、何となく読めてきた気がした。

侍たちが着いた気配に、宗順が迎えに出た。深々と一礼し、挨拶を述べる。

「筑後法橋《ちくごほっきょう》様、本日は恐れ入りまする」

「宗順殿、こんなところまで、済まんな」

筑後法橋と呼ばれた男は愛想よく言い、宗順と共に奥の部屋に入って戸を閉めた。

嵐丸はそちら側の天井で、耳を澄まそうと構えた。

「おい」

聞こえるか聞こえないか、という声だったが、嵐丸は竦み上がった。下に気を取られていたとはいえ、全く気配を感じ取れていなかったのに、すぐ横に誰かが来ている。

「しばらくだな、兄貴」

嵐丸は仰天した。道之助だ。

「お前……」

かすれそうな声で言いかけたが、道之助に止められた。

「後だ。まず連中の話を聞こうや」

それはそうだ。嵐丸は溢れかえる疑念を一旦置き、下の会話に耳を凝らした。

「思ったようには、運ばなかったな」

筑後法橋が、宗順に言った。言葉ほどには、残念には思っていないようだ。

「面目ございません、と申し上げるべきか」

宗順は顔を上げ、法橋を見据えるようにした。

「手前はあの淡雲を売りつけることだけ、承っておりました次第で。わざと大野郡司様にあれが贋物であると知らせ、朝倉家同名衆の不和を煽ろう、などというところまでは、聞いておりませなんだので」

口調に遠慮がない。宗順は明らかに不快に思っているようだ。なるほどな、と嵐丸は腑に落ちた。一乗谷で淡雲の取引を終えた後、朝倉家の内情について喋っている時、宗順は急に目付が厳しくなった。ほんの一瞬だったが、あの時に宗順は、この謀の意味に気が付いたのだ。

「まあ、怒らんでくれ。敵を欺くには、まず味方からと申すではないか」

「ごもっともで。しかし一歩間違えば、朝倉家を謀《たばか》ろうとしたと、手前が斬られかねまへん」

　いやそれは、と法橋は宥めにかかる。

「堺の会合衆を斬ろうなどとは、朝倉も本気で考えまい。そなたも、本物だと太鼓判を押して持ちかけたわけではなかろう」

「確かに、確《しか》とは申しかねますが、と九郎左衛門様の見立てに委ねる形にはしましたが」

「ならば、責めは九郎左衛門殿にあり、ということになろうが」

「それでも、贋物やとわかれば代金は払えん、となりますやろ。千五百貫のはずが、もう少しでタダ働きですがな」

　宗順の口調は、次第にぞんざいになってきた。それだけ怒っている、ということか。

「しかし、代金は払ってくれたのであろう」

「へえ。そうですけど盗人なんぞに入り込まれたおかげで、半分は持って行かれましたがな」

「それは我らのせいではない」

　法橋は苦笑するように言った。

「で、明智十兵衛と申す客分が、この件を収めた、ということじゃな」

「あのお人は、なかなかの知恵者ですな。正直、朝倉の客分には勿体ない才やと思います。いずれは朝倉家を出て、もっと大きな仕事をなさるんやないかと」

「朝倉は、新参者には冷たいからのう」

法橋の言い方には、多少の揶揄が交じっていた。各地の成りあがり大名が競って人材を集めているというのに、そういう固陋《ころう》な家だからつけ込む隙がある、という考えか。

「何もなかったことにする、か。贋物を持ち込まれた事実自体を、なくしてしまうとはな。贋物を見抜けずに買うだろうと思われたのが、そもそも朝倉家の恥、というわけだ」

朝倉家の体面を最も重く考えるなら、悪くない手だ、と法橋は言った。

「宗順殿が貰った代金は、口止め料も同然だな」

「どのみち手前にとっては、口外できる話やおまへんからな」

宗順はまた、法橋を睨んだ。法橋は居心地悪そうに、身じろぎした。

「盗人の方は、どうした」

「分け前を持って、どっかに消えました。連中がこの話を広めるはずもないし、今頃は本物の淡雲を狙おうとしてますやろな」

手前が盗人の立場なら、そうしてますわ、と宗順は笑った。

「本物を狙うか。なるほどな」

法橋も、薄く笑った。嵐丸は、舌打ちしそうになった。その口調からすると、二人とも本物の在り処を知らないのだ。寧ろ、嵐丸が無駄働きに終わるとでも思っているようだった。

「それで筑後法橋様は、これからどうなさいます」

左様、と法橋は咳払いした。

「明智とやらに企みを見抜かれた以上、同じ流れで何かを仕掛けたとしても、通じまい。策を練り直さねばならんな」

それはそちらのご都合です、と宗順は言った。

「次に何をされようとご勝手ですが、こんな形で手前を巻き込むのは願い下げでっせ」

宗順の声が凄味を帯び、法橋がたじろぐのがわかった。

「しかし、淡雲のことを言い出したのは、そなたではないか」

「ええ、確かにこれが何かに使える、とは申しましたがな。手前が一緒に危ない橋を渡るつもりは、毛頭ございませんで」

そこで法橋も察したようだ。

「淡雲のことは、他にも売り込むつもりだったのか」

「無論です。たまさか、そちらはんが真っ先に乗りはった。それだけです」

法橋が顔を顰める。宗順は肩を怒らせるようにして、ぴしゃりと言った。

「商いは信用が肝心。次に何をお考えになろうと、手前は抜きでお願いします」

「……わかった」

法橋は、仕方なさそうに頷いた。それで話は終わったようだ。二人とも愛想は消し、硬い顔のままで同時に立ち上がった。


一同はそれぞれに家を出て行った。法橋たちは北へ、宗順は西へ。嵐丸と道之助は、屋根の上からそれを見届けた。

二組が葺の向こうに姿を消すと、嵐丸と道之助は屋根から下りた。そのまま向き合う。聞きたいことは、山ほどあった。

「道之助、お前いったい何者だ。ただの盗人じゃないってことは、どっかで思ってたが」

「いやァ、悪いな兄貴。騙す格好になっちまったが」

道之助は頭を掻いた。照れ笑いを含んだその表情は、一乗谷での道之助と何も変わらなかった。

「幾らかは、気付いてたか？」

道之助が問うのに、嵐丸は頷いた。

「一乗谷で朱美に殺されかけた時の身のこなしだ。二度目の手裏剣が来た時の避け方。一瞬だが、並の盗人とは思えない動きをした」

ああ、と道之助は額を叩いた。

「生きるか死ぬかで、体が勝手に動いちまった。やっぱり気付かれてたか」

「朱美がお前を殺そうとしたのも、お前が只者じゃない危ない奴だと、どっかで気付いたからじゃないのか」

たぶんな、と道之助は認めた。

「類は友と言うか、同じ匂いを感じたのかもな」

「てことは、お前も乱波だな」

それで全て、得心が行く。

「どこの手の者だ」

「それも、だいたいわかるんじゃないか」

ふん、思わせぶりだなと嵐丸は鼻を鳴らす。

「朝倉へ探りを入れに行ってたのは、淡雲絡みではないんだな」

「言ったろ、淡雲のことなんか、一乗谷に行くまで知らなかった。何かを狙ってたわけじゃない。畿内の周りの情勢は、常に細かく摑んでおかないと、何が起きるかわからんからな」

畿内の周り、か。なるほど。ということは、道之助の雇い主は、畿内を侵されたくない者、つまり今現在、畿内を支配地にしている者だ。

「三好修理大夫《しゆりのだいぶ》長慶、か」

道之助は、ニヤリとしただけだが、答えはそれで充分だった。

「それで、今は……」

言いかけた途端、風を切るような気配を感じ、飛びのいた。道之助も、同時に飛び退《すさ》る。二人の間の地面に、手裏剣が二本、突き刺さった。葦の陰に隠れたが、向こうはこっちの気配を追っているだろう。下手に隠れても、と思い、嵐丸は声を掛けた。

「よう朱美、しばらくだなあ」

忽ち手裏剣が飛んで来た。一瞬早く、身を避ける。

「大野郡司のところから、うまく逃げられたようだな」

少し離れたどこかから、笑い声が聞こえた。

「あんな所から逃げるのは、造作もない」

「さっきの筑後法橋が、お前の雇い主か」

男女の交わりもあるのでは、と思ったが、そこまでは口にしない。

答えはなかったが、道之助が動いた。道之助も手裏剣を持っていて、それを投げたのだ。十間余り先で、黒い影が湧き上がるようにして瞬きする間だけ現れ、さっと消えた。手裏剣は当然の如く、外れた。

「何で俺たちを始末しようとするんだ。さっきあの家で聞いたことなんざ、とうにわかってた話じゃないか」

武器を持っていない嵐丸は、攻めを道之助に任せ、専《もっぱ》ら声で掻き回すことにした。とうにわかってた話、というのは誇張だが、それで朱美の矛先が少しでも鈍ればいい。

「それでもお前たちは、余計なことを知り過ぎている」

「いやしかし、それを言い触らすつもりもないが」

つまらぬ言葉を返した隙に、道之助が朱美の方に近付くのがわかった。だがすぐに手裏剣が飛び、道之助は転がって避けた。畜生め、いったい手裏剣を何本持ってやがるんだ。

「目障りだ、お前たちは」

「酷《ひで》ぇ言い様だな」

嵐丸は動きながら言った。手裏剣がまた追ってくるかと思ったが、何も来ない。こっちの動きを見極めようとしているのだ。止まると危ない。

「お前が三好の手の者だとは、もうわかっている」

朱美は道之助に言った。道之助は答えない。

「俺は違うぞ」

嵐丸は叫ぶように言った。朱美の笑い声が聞こえた。

「かもしれぬが、三好でなくても、いずれかと関わるやもしれぬ。やはり、捨ててはおけぬ」

一緒くたかよ、と嵐丸は歯軋りした。

「上人様の邪魔になる者は、生かしてはおかぬ」

朱美にとっては、それが最大の理由なのだ。邪魔になるかどうかは、朱美が決めるというわけか。まったく、迷惑な話だ。

「おい、上人様って、それは……」

言い終わる前に、また手裏剣が来た。備えていたので、どうにか躱せた。朱美は一人、こっちは二人なので、勝ち目はあると思ったのだが、これでは逃げられれば上出来だろう。

道之助がいると思った方向から、何かが投げられた。朱美の影がさっと動く。その影を追って黒っぽく丸い物が飛び、葦の中に落ちると、いきなり煙が上がった。

(煙玉か！)

さすがに三好の乱波だけあって、いろんなものを持ってやがる、と嵐丸は変に感心した。煙はあっという間に葦の上を覆うように広がり、朱美の影は追えなくなった。

「こっちだ！」

道之助の、鋭い叫びが飛んだ。嵐丸はそちらに転がる。手裏剣の気配はない。

葦の中から道之助の手が伸び、嵐丸の腕を摑んだ。そのまま、右の方に引っ張る。嵐丸は逆らわずにそちらに走った。

葦の原が尽き、見通しが利くようになったところで道之助が止まった。嵐丸も止まり、振り返る。さっきまでいた辺りは煙に巻かれ、朱美がいたとしても見つけるのは無理だった。

「大丈夫だ。もう追っては来ん」

どっちの方角に逃げてきたかも、よくわからなかった。朱美の方も、こちらを見失ったのだろう。

「草の根分けても探しだして仕留める、とまでは、あっちも考えちゃいまい。時が無駄だ」

道之助はそう言い切って、ぽつんと生えている松の根方に腰を下ろした。嵐丸もその隣に座る。あの家の方を見ると、ちらちらと炎が見えた。

「おいおい、家に火が移ったんじゃないか」

「かもしれんな」

道之助は、平然と言った。

「大火事になっちまうぞ」

「どうせあれは本願寺《ほんがんじ》の連中が密談に使うのに用意した家で、誰も住んでいない。周りは何もない湿地だ。火がこれ以上、広がることもない。放っておくさ」

嵐丸は周りを改めて見まわし、それもそうかと得心した。自分たちのいる松の生えたところは少し土地が高く、乾いているが、家のある方角は広大な湿地だった。

「……あいつ、上人様って言ってたな」

そうだな、と道之助は言った。

「口が滑ったか。誰のことだか、兄貴もわかるだろう」

ああ、と嵐丸は燃える家の方を見ながら頷く。

「石山《いしやま》本願寺の法主《ほっす》、顕如《けんにょ》だな」

その通り、と道之助は呟くように言った。本願寺は一向宗の本山だ。一向門徒にとっての頂点に座するのは、この顕如上人ということになる。朝倉家と争っている越前、加賀の一向一揆衆も、無論のことその一派だ。なので朱美が本願寺の手の者であろうことは、嵐丸にも想像がついていた。

「あの筑後法橋だが、何者だか承知なのか」

「本願寺の坊官で、下間筑後守頼照《しもつまちくごのかみらいしょう》という奴だ。法橋ってのは、坊さんの位だよ。今度の淡雲のことは、あいつが絵を描いていたようだな」

よく知っているらしく、道之助はすらすらと答えた。

「坊官ってぇと、本願寺の 政《まつりごと》とか雑事をやる連中だな」

「ああ。幕府で言うと、管領とか政所別当とか、そんなもんだ。本願寺の俗事を回してるのは、その連中だ」

「お前は奴を見張ってたのか」

「まあ、目を付けていた。今日は珍しく遠乗りのふりをして出かけたから、何かあると思って尾けてきたんだ」

そういうことか、と嵐丸はうんざりしたように首筋を掻いた。

「今度の一件は、顕如上人の指図かな」

「どうかな。顕如はまだ二十歳そこそこだ。坊官連中が自分たちで動いたんじゃないか」

そうか。朱美は顕如と同じような年なのだ。もしかすると、と嵐丸は思う。朱美は筑後法橋の女などではなく、顕如に道ならぬ思いを抱いて、顕如のためにどんな仕事でもやろうと決めているのかもしれない。上人様の邪魔をする者は、という朱美の言葉が頭に浮かぶ。そうなら切ない話だが、少々考え過ぎだろうか。

「さて、行くとするか」

道之助は、腰を上げた。

「ここでまた顔を合わせるとは思わなかったが、この分じゃまたどっかで会うかもな」

「朱美みたいに襲って来るのは、なしにしてくれ」

道之助は声を立てて笑った。

「敵方の乱波ならともかく、盗人相手にそんなことはしねえよ」

じゃあな、兄貴、と道之助は嵐丸の背を叩いた。兄貴はもうやめろ、と言おうとしたが、道之助の姿はもうどこにも見えなかった。

十五

京の都は、人だけはまだ相変わらず多かった。しかし物乞いや孤児の姿がずいぶん増え、気力の萎えた顔も目立つ。京ではもう百年以上、様々な軍勢が来ては、追い出す、居座る、追い出されるを繰り返しているのだ。その争いのたびに少なからぬ家が焼ける。人々の気持ちが荒《すさ》むのも当然だった。それでもまだまともに商いが続けられているのが、寧ろ嵐丸には不思議であった。

雑多な家々が建て込んだ、三条西洞院に入った。麻耶が告げた梅屋は、すぐに見つかった。だが様子を窺っても、泊り客に麻耶の姿はない。出かけているのだろう、と思い、暖簾をくぐって帳場に麻耶のことを聞いてみた。

「あ、はいはい。少々お待ちを」

何故か番頭の顔が、引き締まったように見えた。何かあるのか、と訝しむ。万一を考え、懐に手を入れて、脇差をすぐにも出せるようにした。

「ああ、遅かったね」

帳場の奥の暖簾がめくられ、麻耶が出て来た。代わりに番頭が引っ込む。麻耶は嵐丸の顔を見て、にっこりした。

「奥から？　泊まってるんじゃないのか」

嵐丸は奥を窺いながら、聞いた。ふふっと麻耶が笑う。

「そう。ここを丸ごと借りてる」

「丸ごと？」

驚いて目を見開くと、麻耶が口を尖らせた。

「だって、いつまで待つのかわかんないもの。宿ごと押さえた方が、面倒がなくていい。あたしは、ここの女主人ってわけ」

だからこの宿、好きに使えるよ、と麻耶は言った。大きさは中くらい、戦乱で焼けたのを建て直したか、そう古くはない。さほど目立たず、使い勝手は良さそうだった。

「客は入れてるのか」

「そりゃあ、商売だもの。でも気にしなくていい。奥は好きに使えるし、働いてる連中は余計なことは聞かないよ」

段取りのいいことだな、と嵐丸は本気で感心して言った。麻耶は微笑み、さあどうぞと嵐丸を奥へ通した。


「それで淡雲のこと、何かわかった？」

座るなり麻耶が聞いた。待ちくたびれた、とでも言いたげだ。

「うん。まあ、多少のことは」

胡坐をかいた嵐丸は、この数日で摑んだ話を披露した。あの百姓家で起きたことを含めて。麻耶はそれほど驚きはしなかった。

「宗順と本願寺の坊官か。なるほどね」

朱美が本願寺の顕如の放った忍びで、道之助が三好長慶の乱波だと聞くと、「それでいろいろと得心がいったわ」と麻耶は安堵したかのように言った。麻耶自身が、薄々そうだろうと考えていた通りだったのだ。

「宗順と筑後何ちゃらって奴の間では、本物の淡雲がどうなっているか、って話は出なかったのね」

「そうだ。で、探れるだけ探ってみた。やはり京の公家のところが怪しいかと思ってな」

細川や六角のような大名家が持っているのであれば、それが長い間に人の口の端に上らないはずがない。また、巷に出て来ることもまずない。大名家の間で何らかの取引の結果、譲り渡されることがあるくらいだろう。

「公家だって、持っていれば自慢しそうなもんだけど」

麻耶は、やはりつい近頃まで姿が消えていた、ということが不審なようだ。

「没落した公家が、何かの事情で淡雲を持っていると口外しないまま、どこかに隠棲した、というのが一番考えられるんじゃないかと思う」

ふうん、と麻耶は唸った。どうもまだ、呑み込めないようだ。

「何かの事情って、例えばどんな」

「それはその……わからん」

嵐丸は正直に言った。

「だがそこを探るより、宗順が嗅ぎ回った先を調べる方がいいだろう」

麻耶は、まだ首を傾げている。

「宗順は、一度は淡雲に行き着いたと思うわけ？　だけど相手に断られたと？」

「だからこそ、贋物を用意しようなんてことを考え付いた、と思うんだが」

そうかなあ、と麻耶は考え込んだ。

「どっちかと言うと、贋物をどうこうするより、あの牢人みたいなのを雇ってその公家の家を襲わせ、無理やり淡雲を奪う方が宗順らしい気がする」

「それはそうだ。だが、現に本物は宗順の手に入っていない」

そこでだ、と嵐丸は膝を進め、声を落とした。

「宗順がそういう公家に会いに行ったことはないか、この京で宗順と親しい連中を探して、聞いてみた」

へえ、と麻耶は眉を上げた。

「どうやって」

「ちょいと変装してな。金木屋の番頭に成りすまして、越前での宗順との取引の絡みのように思わせた。明智十兵衛の名も使わせてもらったよ。あいつ、京では幾らか顔が利くようだからな」

我ながらいい手だったと思っている。京の商人たちは、疑いもしなかった。やがては宗順の耳に入り、嵐丸の仕業と気付くだろうが、それは構わなかった。

「なるほどね。で、収穫は」

そう急ぐな、と嵐丸は思わせぶりに言う。

「お前、淡雲の噂を最初に聞いたのは、いつだ」

「え？　そうね、半年くらい前かな」

「俺はこの春だ。駿河に行く前だな。八ヵ月ほどになるか」

たぶん俺が聞いた頃が、噂の出始めだろう、と嵐丸は言った。

「だから、その前後かそれ以後に、宗順が会ったと思われる隠棲中の公家を探したのさ。そうしたら、ぴったりなのがいた」

そうなの、と麻耶の目が光った。

「岩倉《いわくら》に住む、藤間《ふじま》庸久《つねひさ》という御仁だ。抜け駆けなんか考えるなよ、と嵐丸は釘を刺す。九条家に連なる由緒正しい御家で、先代だか先々代は中納言まで務めた、ってえんだが」

「そんなお人が、何を思って岩倉に引っ込んだのよ」

「何を思ってか、何を仕出かしてか、それは知らんし、どうでもいい。居場所はわかってるんだから、まず当人に会ってみようと思う。お前も来るだろ」

「そういうことなら、もちろん」

麻耶は力強く頷いた。

京の町から北へおよそ二里。鞍馬《くらま》への道筋の半ばほどにある岩倉の郷では、木々の葉がだいぶ色づいていた。山際にある猫の額ほどの田んぼでは、刈入れを終えた後の稲架《はさ》掛《か》けが、幾つか見える。

　田んぼの向こうに、枯れかけた生垣で囲まれた家があった。藁葺き屋根で、近くの百姓家に比べると大きいが、だいぶくたびれている。嵐丸と麻耶は、畦道を縫うようにしてその家に近付いた。囲炉裏の煙が上がっているので、人がいるのは確かだ。

「ご免下さりませ」

　門口に立って、声を掛けた。中からもそもそと音がして、年老いた下働きらしい男が出て来た。家と同じくらいくたびれている。

「へえ。どちらさんで」

「遠州気賀湊で交易をしております、荒戸屋《あらとや》五郎兵衛と申します。こちらは、藤間庸久様のお住まいでございましょうか」

　度々使っている名で、商人を装った。下働きは、はあ、と胡散臭げに嵐丸を見返す。

「どんなご用ですやろ」

「はい。大変不躾《ぶしつけ》ではございますが、実は手前の知り合いから、こちらの御殿様の御家に伝わる茶道具などに銘品がある、と聞き及びまして。お差し支えなければ拝見させていただき、もしそのお気持ちがおありなら、お譲りいただきたいと参上いたしました次第です」

はて、と下働きは困った顔をした。

「聞いてまいりますんで、お待ちを」

下働きは奥へ入り、嵐丸たちは静かに待った。さっと土間などに目を走らせたが、家自体にはだいぶ傷みが見え、板壁には隙間があり、甕にはひびが入っていた。それでも掃除はきちんとしてあるようで、汚れた感じはない。全くの世捨て人、というわけでもないのかもしれない。

がさがさと音がして、奥の板戸が開いた。現れたのは、四十を越えたくらいかと思われる、大柄で色黒の男だった。着ているのは、公家の普段着である狩衣《かりぎぬ》だが、家以上にくたびれ果てていた。

「やあ、儂が藤間庸久やが」

庸久は、やけに快活に言って、どかっと囲炉裏の前に座った。嵐丸は深々と腰を折る。

「荒戸屋五郎兵衛でございます。こちらは女房の加代《かよ》で」

にわか作りの名で麻耶を示して、挨拶させた。庸久は大きく手招きし、こっちへ上がれと言った。

「こんな家やし、そっちの爺さん以外、儂しかおらん。堅い作法なんか無用や」

恐れ入ります、と嵐丸と麻耶は板敷きに上がり、囲炉裏を挟んで庸久と向かい合った。

「久しぶりの客や。訪ねて来る者も、滅多におらんでな」

朝廷での勤めを辞めて、もう七年経つという。働き盛りで辞めて隠棲までしたのは、何か大きな理由でもあるのか。

「なあに、ここなら戦からも都の喧騒からも離れていられる。近頃では、京の町なかは何かと住みにくい」

畿内を牛耳っている三好の兵どもも、ここまでは来ん、と庸久は笑った。その言い方からすると、三好と何か揉めたのだろうか。三好長慶がそれまでの実力者だった細川晴元《はるもと》を追い出し、京の都を支配下に収めたのは十年ほど前だ。三好に逆らって職を辞したとすれば、こんな草生《くさむ》した家に引っ込んでいるのも、得心がいく。

一応、遠回しに聞いてみたが、庸久は明確には答えなかった。

「ま、すまじきものは宮仕え、ということやな。せいせいしたわ」

そんな風に言ってから、思い出したように嵐丸の用件に触れた。

「さて、何か道具の類いを探しとる、ということやったな」

「はい、左様でございます」

「何でもええのか。茶道具とかか」

「できましたら、茶道具などがよろしゅうございますが」

ふうむ、と庸久は嘆息した。

「もうあまり、残っとらんぞ。もともと、たくさんあったわけでもないしな」

そう言えば、知り合いに聞いたと言うておったが、誰や、と庸久は聞いた。

「堺の山田宗順様のところの、番頭さんですが」

思い切って宗順の名を出してみた。庸久は、ああ、と頷いた。特に動揺したとか、怒ったとかいう様子はない。

「山田宗順はん、なあ。確かに来なはったわ。幾つか買《こ》うていきはった」

「宗順様も、どなたかに聞かれてお越しだったのですか」

「聞いた、と言うか、京のそれなりの家を、順繰りに回ってたようや。何か掘り出し物がないか、とな」

「順繰りに、ですか」

嵐丸は考えた。宗順が時々、骨董の銘品を求めて京や奈良を巡っている、という話は前から耳にしていた。戦に巻き込まれて失われる前に、値打ち物を集めておこう、というのだ。その途中で淡雲の噂を聞き、ここに来たということだろうか。

ちょっと待ってくれと言って、庸久は奥へ入った。間もなくして木箱を三つばかり持って来ると、嵐丸の前に置いて蓋を取った。中には、器や壺が収められていた。

「残ってるのは、こんなもんや。ええ品から先に、売ってしもうたんで」

偉そうなことを言うて侘び住まいをしとるが、どうしても先立つもんは要るんでな、と庸久はばつが悪そうに言った。

「拝見いたします」

嵐丸は焼物を順に手に取って、検めた。美濃焼の皿や茶碗が幾つかと、茶入れの茄子が一つ。いずれもさして古い物ではなく、名のある名工の作でもない。商売柄、ある程度目の肥えている嵐丸には、値の高そうなものは見出せなかった。

「左様でございますなあ。これと、これと、これと、こちらであれば頂戴いたしますが」

まだ聞くべき肝心のことがあるので、無下にはできない。嵐丸は最も良さそうな三点を選び、まとめて一貫文では、と持ちかけた。庸久は、うんうんと頷いた。

「まあ、そんなとこやろな。どうぞ、持って行って」

せっかく来てもろうたが、あまりいい物がなくて済まぬ、と庸久は自嘲気味に笑った。いえいえ、と手を振ってから、嵐丸は本題に入った。

「宗順様は、どのようなお品を買われたのですか」

「ああ。肩衝が一つ、あってな。あれがうちで一番、ええ品やった」

庸久は少し残念そうであった。背に腹は代えられなかった、ということか。

「ほう。どのようなお品でしたか」

「うん。儂の祖父様がまだ若い時分に手に入れた、と聞いとる。ただ、手に入れた経緯は詳しくは知らん。工房から直に買うたのやと思うが」

嵐丸は大急ぎで頭の中で勘定した。庸久の祖父の若い頃なら、天下に並び無きと言われる初花や楢柴が世に出たのと同じ時代だ。これは、と目を輝かせると、庸久が続けた。

「濃い茶色の地に、白い釉がこう、たなびく雲のように流れて巻いておってな。なかなかの景色やった」

庸久は、手の指で釉の形を示した。うむ、と嵐丸は心中で唸る。それはまさに、一乗谷で嵐丸が目にした品に間違いないと思われた。

「銘は、なかったのですか」

「なかった。付けられていれば、また値打ちも上がったかもしれんが」

祖父様が、何か名付けておけば良かったのに、と庸久は苦笑した。

「宗順はんとも、そんな話をした。もしこれが、同じ頃の初花や楢柴のような銘を持っていたなら、とんでもない値になったかもしれぬ、などとな」

もっとも、うちの祖父様が名付けたところで大したことはない、とまた庸久は笑う。

「将軍義政公にでも名を頂戴していれば、今頃は初花などと同列で、我が家は一生食うに困らなんだろうに、と宗順殿にも言って、笑い合ったぞ」

「それほどの出来……でありましたか」

さあな、と庸久は頭を搔いた。

「祖父様が買えたくらいや。確かにええ品やったが、初花などには、遠く及ぶまい」

「失礼ではございますが、宗順様はそれをいかほどで」

「うん、五十貫や。ええ値を付けてくれた、と思うとる」

五十貫、か。肩衝としては、やはり相当な値だ。一乗谷で嵐丸が見た通り、それなりの逸品には違いないのだ。

「ところでその……淡雲肩衝の噂は、お聞きになったことはございますか」

嵐丸は敢えて踏み込んだ。庸久がそれを知っているなら、何か思うところがあるのでは、と突いてみる気になったのだ。が、庸久は鷹揚な笑みで応じた。
「ああ、宗順はんが肩衝を買うていってから、しばらくしてそんな噂を聞いたなあ。景色も、ちょっとうちのに似ておったそうな」
うちが先に、淡雲とか紫雲とか、瑞雲とか名付けておったら、一財産やったのにな
あ、と庸久は、可笑しそうに腹を揺すった。

嵐丸と麻耶は、買い取った三点の茶碗と皿に藁を巻いて、背負った葛籠に入れ、一貫文に当たる銀の粒を庸久に渡すと、丁重に礼を述べて辞した。庸久は、思わぬ実入りに喜んだか、上機嫌に手を振って見送ってくれた。

街道に出てから、麻耶が言った。

「朝倉家に宗順が売りつけた贋淡雲、出どころはこの家だったのね」

さすが嵐丸、よく見つけたねと麻耶は背中を叩いた。

「でも、本物の淡雲を誰が持ってるのかは、まだわからないままよね」

「うん……まあ、そうだな」

嵐丸は曖昧に返事した。

「もっと順繰りに宗順が回ったところを追って行けば、見つかるかしら」

「だとは思うが……」

嵐丸は考え込んでいたので、生返事をした。麻耶が訝し気な表情を向ける。

「どうしたの。何か気になってるの」

「うん……宗順が何を考えてたのか、ってのがな……」

呟くように言って、ぼんやりと歩いていた嵐丸だが、いきなり足を止めた。つんのめりそうになって、麻耶が驚く。

「何よ、急に止まるなんて。蛇でもいたの？」

「堺へ行く」

あまりに唐突だったので、麻耶は目を瞬いた。

「堺へ？　何しに」

「確かめたいことがある。堺の連中に聞けば、わかるかもしれん」

「それって、いったい……」

麻耶が言い終えぬうちに、嵐丸はまた歩き出した。さっきより速く、強い足取りで。麻耶は慌てて後を追った。

十六

右手の海に浮かぶ船に目をやりつつ、北から堺の大道に入った。嵐丸は大船小舟がひしめく様子に、目を奪われた。大船のうち何艘かは、明らかに日の本のものではない。堺へは何度も来てはいるのだが、いつもながらこの賑わいには驚かされる。

堺は西側が海、東と南北は濠で囲われ、警護の兵も雇い、大名家の軍勢といえども簡単には攻められぬ備えをしている。交易で得る莫大な利は商人たちを富ませ、今では京の都にも勝る繁栄ぶりであった。

嵐丸は大道の中ほどにある宿で草鞋を脱いだ。数日滞在する旨を告げ、主人に銀の袋を預ける。主人の顔は、忽ち綻んだ。そこで嵐丸は使いを頼んだ。さるお方に書状を届けてほしいと言うと、主人は快諾した。

「お宛先は、どちら様で」

「今井宗久殿だ」

主人は、びっくりして嵐丸の顔を見つめた。堺で最も力のある豪商に、すぐに会えるほどの者なのかと値踏みするようであった。が、嵐丸がじろりと睨むと、今からお届けいたしますと平伏した。

部屋に通った嵐丸は、ごろりと寝転がって、しばし待った。書状を読み、宗久が知っていることがあるのなら、さして間を置かずに何か言ってくるはずだ。いや、知っているだろうと嵐丸は思っている。堺のことで、宗久が知らぬことなど、ないはずだからだ。

一刻余り経ち、日が傾いてきた頃、返事があった。主人が部屋に来て、恭しく返書を差し出したので、嵐丸は鷹揚に受け取った。主人が下がってから、さっと返書を開く。明日、未《ひつじ》ノ正刻（午後二時）にお待ちしている、とのことであった。思惑通りだ、と嵐丸はにんまりした。

翌日、嵐丸は刻限に間に合うよう、宿を出た。着物は、いつもより上等な小袖の上に、金糸をあしらった胴服を羽織り、頭巾を被っている。宗久の屋敷を訪ねるのに合わせ、裕福な商人らしく装ったのだ。伴でもいれば格好がつくのだが、仕方がない。麻耶には、三条西洞院の梅屋で待つように言ってあったので、この堺では一人きりだった。

大道を南に真っ直ぐ進んだ。通りの両側はぎっしりと店が並び、どれも繁盛しているようだ。間口が七、八間ありそうな大店も少なくない。

大道から東に入る小路の先に、土塀が見えた。宗順の屋敷だ。宗順は様々な商いに手を伸ばしていて、交易を主にする店は湊の側にあり、陶器や茶道具を売る店は大道に、金貸しは屋敷の方で扱っていた。大道から見える屋敷の屋根は、立派な瓦葺きだ。あの中では、相当に贅沢な暮らしを送っているのだろう。

嵐丸は宗順の屋敷から顔を背けると、今井宗久の屋敷に向かって足を速め、未ノ正刻の鐘が鳴る前に着いた。立派な門の扉は開いていたが、その両脇は槍を立てた兵が守っている。商人の住まいと言うより、もはや大名屋敷だった。

嵐丸が名乗ると、門番の兵はすぐに通してくれた。玄関では、だいぶ年嵩の落ち着いた物腰の男が出迎え、嵐丸を奥に案内した。この屋敷内を差配する、公家の屋敷でいう執事に当たる者だろう。

宗久の屋敷は、宗順のものよりひと回りほどは大きかった。建物は白壁の土塀に至るまで全て瓦葺きで、蔵が幾つも並んでいる。蔵の一部は、二階建てだった。大きさこそ劣るとはいえ、これに比べたら一乗谷の朝倉館が、田舎御殿のように思えてくる。

「茶室の方へ、ご案内いたします」

廊下を進みながら、執事が告げた。ほう、と嵐丸は眉を上げる。宗久は、書状に書いたことを明確に読み取ったようだ。

　茶室は、母屋から突き出す形で設えられていた。流行りの、山の庵風《いおり》の質素な建て方だ。執事は膝をつき、「お見えでございます」と声を掛けた。茶室の中から、お入り下さいと応えがあり、嵐丸は襖を開けて一礼した。

「遠州気賀湊で交易を営んでおります、荒戸屋五郎兵衛と申します。急なお願いにも拘わらず、お招きをいただきまして、ありがとうございます」

「まあどうぞ、こちらにおいでなされ」

　宗久の声に、顔を上げた嵐丸は、はっとした。先客がいたのだ。年の頃は宗久と同じ、四十を越えたくらい。着物は極めて上等ながら、宗久のものよりずっと地味で落ち着いている。やや細い目は一見すると穏やかだが、その奥には何者をも射抜くような光があった。福々しい顔を崩さぬ宗久より、油断がならぬように嵐丸には思えた。

「千宗易《せんのそうえき》殿は、ご存じかな」

　宗久が言った。ああ、やはりと嵐丸は内心で唸った。宗久と並び称される、天下第一の宗匠だ。

「ご高名は、存じ上げております。ここでお目にかかれるとは、恐悦至極に存じます」

宗易は、軽く笑った。

「そんな大層な者ではございません。これを機に、どうぞお見知り置きを」

恐れ入ります、と嵐丸は両人に向かい、畳に両手をついた。その前で、茶釜が静かに湯気を立てている。

「まずは一服、差し上げましょう」

亭主役となった宗久が、その場で茶を点てた。傍らの肩衝から茶杓で抹茶をすくい、茶碗へ。美濃焼の天目茶碗、と嵐丸は見た。品のある所作で茶釜から柄杓で湯を注ぐ。静かな茶室に、宗久が使う茶筅の音が、沁みとおる。

宗久が茶碗を差し出した。見様見真似だが、嵐丸もどうにか作法は知っており、恥をかくことなく済ませることができた。

「お気に召しましたかな」

宗久が聞く。

「大変結構でございました」

居住まいを正すように一礼すると、宗久と宗易が、目配せを交わしたのに気付いた。いよいよ、あの話に入るのだ。

「頂戴した書状には、淡雲肩衝のことについて知りたい、と記しておられたが」

宗久が言った。左様でございます、と嵐丸は応じる。

「山田宗順様が、淡雲肩衝と称するものを越前朝倉家に売られた、ということは、お聞き及びでございましょうか」

「ほう、そないなことがありましたか」

宗久は、表情を一切動かさずに言った。言葉では今初めて聞いたように返しているが、やはり既に知っていたようだ。宗易の顔にも、変化はなかった。

「称するもの、と言われましたな」

宗易が言った。

「では、その肩衝は本物ではない、とお考えですか」

嵐丸は一瞬、どう答えようか迷った。だが、宗久たちの前にまでわざわざ出向いた以上は、全てを披露するべきだろう。

「はい。岩倉に隠棲されております、藤間庸久という御公家様から、宗順様が買い取られたものです。立派な肩衝ではありますが、無銘です」

なるほど、と宗久が頷く。

「朝倉家では、それを淡雲として買われた、ということですな」

「はい」

「朝倉家の方々は、贋物と気付いていない、と?」

いいえ、と嵐丸はかぶりを振る。

「様々なご事情により、気付かぬふりをする、ということになりましたようで」

「ほほう。それはまた、面白い」

宗久は宗易と目を交わし、薄い笑みを浮かべた。嵐丸は、ぞくりとする。もとより、本願寺の連中の仕掛け云々はここで口にするつもりはなかったが、宗久たちはそれも全て、知っているのではないかと思えたのだ。

「それで荒戸屋さん。あなたは何故、淡雲にこだわるのですかな」

宗久が改めて尋ねた。気賀湊の商人に過ぎぬ者が、そこまで深入りするのは確かに妙に思えるだろう。

「それは……」

理由は幾つも作れる。だが、嵐丸の思うところは、一つだ。敢えてそれを口にした。

「本物を、この目で確かめたいからです」

ふむ、と宗久は頷いた。

「確かめて、どうしはります」

「それだけです」

「我が手に入れたい、とは思わはりませんか」

「さて。手に入れることのできるものでしょうか」

そうですな、と宗久は薄い笑みを浮かべた。

「何しろ、三千貫と言われるほどのもの。それだけの大金を揃えるのは、なかなかに
……」

「今井様」

無礼を承知で、嵐丸は宗久の言葉に割り込んだ。

「手前からもお聞きします。手前は書状に、淡雲について伺いたい旨、確かに書きました。しかしそれだけで、一度も会ったこともない手前のような遠国の商人に、こうして宗易様までお揃いの上、お会いいただけるとは、正直、尋常なことではないと心得ます」

「何がおっしゃりたいので」

「淡雲には、何かからくりがある。それをご承知だからこそ、手前と会って話してみたいとお考えになったのでは」

宗久は少しの間、言葉を返さなかった。だが、嵐丸がじっと目を逸らさずにいる

と、宗久は目で語りかけるように、宗易の方を向いた。そして互いに、ふふっと笑った。

「このお方も、どうやらお気付きのようですな」

宗易は宗久に言うと、宗久が小さく頷くのを見てから、嵐丸の方を向いた。そして、微かな笑みを浮かべたまま告げた。

「そうです。淡雲などという肩衝は、もとよりこの世にはございません」

淡雲は、ない。宗易は、きっぱりと言い切った。嵐丸は、力が抜ける気がした。

「宗順様が創り出した、幻ですか」

嵐丸が駄目を押すように問うた。宗易が答える。

「その通りです。淡雲についての噂の出どころは、宗順はんでしょう」

だったら、と嵐丸は聞き返す。

「何故、止めようとはなさらなかったのです」

「確たる証しを握っていたわけでは、ございませんので」

宗久が言った。

「しかし……」

嵐丸が疑念を呈するのを、宗久は遮って続けた。

「その藤間という御公家様の御家から宗順はんが買われた肩衝、あの初花と同じ頃の作でございましょう」

「は、はあ、その通りですが」

「であれば、もしそれに淡雲と名付け、誰かが良い品と認めたら、どうなりましょうか」

「それは……」

おそらく、淡雲という肩衝が独り歩きを始めるだろう。そうなれば、価値は勝手に付けられていく。

「おわかりになりますか。物の値打ちとは、そうしたもの。所詮、人が決めるものでございます。もしさほどの値打ちはないと後々わかっても、それは買い入れたお方の目が確かではなかった、というだけのこと。本質は何も変わらぬのに、です」

「その……まるで、騙される方が悪い、とおっしゃっているように聞こえますが」

いえいえ、と宗久は笑う。

「騙そうとするお人に騙されたのなら、それは騙した方の罪です。しかし、自ら騙されに行ってしまうお人もいる。ほんに、人とはおかしなものですな」

嵐丸はどう返していいのかと、迷った。まるで禅問答だ。そこで宗易が言った。

「此度は、宗順はんも下手なことをなさいましたな。自ら、淡雲を贋物と認めるなど。あれこそ本物の淡雲、と言い切っておけば良かったのです」

宗久も、そうですなと賛同した。

「宗順はんも、金儲けのために何もないところから幻を作った、という引け目があったんでしょうな。それでつい、贋物やと認めてしまった。あのお人も、まだまだや」

嵐丸は、またぞくりとした。宗久も宗易も、淡雲という幻を一度作り出したのなら、それに徹しきって世の全てを欺き通せ、そうすれば幻が真実になる。そう言っているのだ。この二人こそ、宗順など足元にも及ばぬ曲者なのかもしれない。

「で、荒戸屋さん。あなたは、どうして淡雲が幻やと気付きはったんですかな」

宗久が聞いた。はい、それはと嵐丸は答える。

「藤間様は、宗順様が肩衝を買って行ったのは、淡雲の噂が巷に流れ始めるしばらく前だった、と言っておられました。淡雲の噂を聞いた宗順様が、それを求めて探し回り、藤間様のところにも来た、ということではなかったのです。そこで、これは妙だと思いました」

宗順は、庸久と話すうちに初花の話が出て、初花に並ぶような肩衝を仕立て上げる、という詐欺めいた商いを考え付いたのだ。自ら淡雲の噂を撒き、どこかの大名家辺りが食い付くのを待った。そのせいで本願寺に利用されてしまったが、それなりの儲けは手にした。宗順としては、半ば以上には成功したと言えるだろう。

「なるほど。あんたはんも、なかなかに頭の回るお方ですな。さすがや」

宗久は、目を細めるようにして言った。嵐丸はどうも居心地が悪くなった。聞くべきことは、全て聞けた。潮時だろう。

「恐れ入ります。本日は、手前のような者に御目通りをいただき、淡雲について大事なお話もお聞かせ下さいました。誠にありがとうございます。心より御礼申し上げます」

嵐丸は畳に両手をついた。いやいや、と宗久も宗易もかぶりを振る。

「あんたはんのお目も確かなものですな。これからも商いにお気張りなされ」

嵐丸はもう一度丁重に礼を述べ、茶室を退出しようとした。

「あ、お終いに一つだけ」

宗久が声を掛けた。嵐丸は「何でございましょう」と振り向く。

「この堺で、余分な仕事はせんように申しておきますわ、嵐丸はん」

嵐丸は絶句して、口をわなわなと震わせた。何てことだ、全部知られていたとは。

そう言えば、と嵐丸は思い出す。さっき、庸久の肩衝の話をした時、それが初花と同じ頃の作、と宗久は言った。だがそのことは、嵐丸の方からは口にしていなかったのだ。

(一から十まで、全部承知してたっていうのか……)

呆然とする嵐丸の目の前で、襖がすっと閉じられた。

十七

三条西洞院の梅屋の番頭は、嵐丸の顔を覚えていた。暖簾をくぐって目が合うと、すぐに愛想笑いを浮かべ、「ああ、これは。只今お呼びいたします」と言い、すぐに奥に入った。奥から「御寮人様」と呼ぶ声が聞こえた。御寮人様だって?

麻耶が表に出て来た。紅葉をあしらった小袖を着て、艶っぽい笑みをたたえている。並みの男なら、この立ち姿だけで籠絡されてしまいそうだ。

「お帰りなさい。どうぞ奥へ」

麻耶は袖を引くようにして、嵐丸を奥の自分の部屋に通した。梅屋の者たちは、嵐丸がこの女主人の情夫だと思っているに違いない。

「お前、御寮人様なんて呼ばせてるのか。分不相応だろ」

「いいじゃない。あたしは気に入ってるんだけど」

まあ好きにするさ、と嵐丸は座って胡坐をかいた。

「それで、堺は」

麻耶が急かすように聞いた。淡雲についての大きな手掛かりが得られたに違いない、と期待しているようだ。それには頭から水を差すことになるな、と内心で苦笑しつつ、嵐丸は宗久らとの話を伝えた。麻耶の目が、真ん丸になった。

「淡雲なんて、この世にない、ですって」

思わず声が高くなったようで、慌てて咳払いする。

「あたしたちを含めて、世間丸ごと宗順に騙されてた、ってぇの」

「ああ。それを見抜いて高みの見物を決め込んでいた宗久と宗易こそ、大変な怪物だな」

「しかもこっちの素性まで承知してたのね。役者が違うってか」

麻耶は天井を仰いだ。

「で、どうするの。本物の淡雲を狙うはずが、それがないってんじゃ」

「もう一度、堺へ行く」

堺、と聞いて麻耶は眉根を寄せたが、すぐに「ああ」と手を叩いた。

「もしかして、宗順？」

そうだ、と嵐丸は頷いた。

「このままじゃ、あいつにやられっ放しだ。一泡吹かせてやらないと、気が済まねえ」

そうよそうよ、と麻耶は喜んでいる。

「どうせ宗久様や宗易様にも、嫌われてるんでしょ。だったら……」

言いかけて麻耶は、はっと思い出したように顔を曇らせた。

「さっきの話じゃ、宗久様から、堺で仕事はするなと言われてたのよね」

「ああ。だが盗人が商人を怖がってどうする」

「けど、あれだけ力のあるお人でしょ。会合衆丸ごと敵にするのは……」

嵐丸はニヤリとして、「もっと裏を読めよ」と麻耶の肩を叩いた。

「宗久は、堺で余分な仕事をするな、と言ったんだ。わざわざ、余分な、と付けてるんだぜ。どういう意味かわかるか」

あ、と麻耶は手を叩いた。

「これまでの経緯があるから、宗順に仕事を仕掛けるのは構わない、だけど他の堺の店には手を出すな、そういうことか」

「な、宗久ってのは、人が悪いだろ」

麻耶も、ふふっと笑った。

「ほんとね。で、何か考えはあるの」

「明日にも堺へ戻る。ちょいと摑まえておきたい奴がいるんだ」

忙しいわね、と麻耶が苦笑した。

「そいつは、何者なの」

「お前も知ってる奴だ」

嵐丸は意味ありげに笑った。


翌日、嵐丸は京を発った。梅屋を番頭に任せ、麻耶もついて来た。

「番頭任せで大丈夫か。あいつは信用できるのか」

売り上げを誤魔化して懐に入れるのは、誰もがやる話だ。代々勤めてきた奉公人ならともかく、昨日今日主人に納まった麻耶に、忠節を尽くすだろうか。しかし、たぶん大丈夫、と麻耶は言った。

「何日か前、三人組の押し込みが入ったの」

「えっ、そりゃあ大ごとじゃないか。みんな無事だったのか」

驚いて聞いたが、麻耶はしれっとしていた。

「番頭たちを脅して、金を出させた上、あたしをものにしようとしたんだけどね」

ああ、と嵐丸は嘆息した。それでだいたいの成り行きはわかった。若い女が主人になったのを知り、これは狙い目だと甘く見た愚か者が、返り討ちに遭ったのだ。

「そいつら、どうなった」

「始末して、堀川《ほりかわ》に放り込んでおいた。野犬の餌になったんじゃないかな」

残飯でも捨てたように、麻耶は言った。

「部屋が汚れると商いに差し障りが出るから、あんまり血が出ないように片付けるのは、ちょっと面倒臭かったけどね」

「奉公人は、それを見てたのか」

「うん。捨てるの手伝わせた。だから、うちの宿で悪さはしないと思うよ」

何とまあ、と嵐丸は歩きながら天を仰いだ。

二日目の夕刻、堺に着いた。嵐丸はこの前と同じ宿に入った。嵐丸が宗久と会ったのを知っている主人は、前よりも丁重に嵐丸たちを扱い、一番上等の部屋に案内した。

「摑まえたい相手、どこにいるかわかってるのよね」

麻耶が念を押すように聞くと、嵐丸は任せろと請け合った。

「堺から帰る前に、下調べはやっておいた。一休みしたら、摑まえに行く」

麻耶は承知し、主人を呼んで早めに夕餉を出すよう頼んだ。


日が落ちた後、嵐丸と麻耶は宿を出た。大道には常夜燈が灯っているので、暗くなっても歩くのに不自由はなく、人通りはまだ多かった。

嵐丸は、一軒の酒屋を指して足を向けた。そこは酒の量り売りだけでなく、店の半分ほどを居酒屋にして、簡単な料理も出している。今も十人余りの客が、板敷きに座ったり店先の床几に腰を下ろしたりして、ほろ酔いを楽しんでいた。

嵐丸は、板敷きに座って一人で飲んでいる、顎髭の男を目で示した。麻耶はそちらを向き、男の顔を確かめて、「なるほど」と呟いた。二人は店の中に入り、板敷きに上がって顎髭の男を挟むように座った。

「え？　何だ」

顎髭の男は、不審そうに顔を上げ、嵐丸と麻耶の顔を見た。が、麻耶が微笑むと、強張りかけた頬をすぐに緩めた。これを受け流せる男は、そういない。嵐丸は店の下女に、顎髭の知り合いのような顔をして、酒を持って来るように言った。下女は、ただいまと頷いて奥に入った。嵐丸は顎髭に向き直った。

「あんたたち、誰だったかな」

顎髭は麻耶を見て伸ばした鼻の下を戻して、怪訝そうに聞いた。嵐丸は笑顔で頷き、「しばらくだねえ、剛十郎さん」と言った。

「どっかで会ったっけか」

まだ首を傾げている剛十郎に、麻耶が囁いた。

「四十日ほど前に、塩津でね。あんたはあたしたちの顔を、見てやしないだろうけど」

剛十郎の顔が、引きつった。

「お前たち……」

いきり立った剛十郎の腕を、嵐丸がぐっと押さえた。剛十郎は眉を逆立て、嵐丸を睨む。

「俺に何の用だ。俺はとっくに……」

「宗順のところを、お払い箱になったようだな」

剛十郎はぎくっとしたが、なおも嚙みついた。

「それもこれも、半ばはお前らのせいだ」

「そりゃあ違う。恨みは宗順に向けてくれないと」

嵐丸は宥めるように言った。剛十郎は歯嚙みした。

「だから、何しに俺のところへ来たってんだよ」

「いい話を持って来たのさ」

嵐丸は剛十郎の肩を抱くようにして、耳元で言った。剛十郎の眉が吊り上がる。

「ふざけるな。俺をいったい……」

「まあまあ。話だけでも聞いて下さいな」

麻耶が甘ったるい声を出した。それが効いたか、剛十郎は抗う力を抜いた。それから麻耶と嵐丸を交互に見て、ようやく頷いた。

「いいだろう。ここじゃまずい。一緒に来い」

剛十郎は立ち上がった。嵐丸と麻耶は、すかさず両脇に立った。このまま逃げられないように、だ。剛十郎は意に介さず、下女が持って来ようとした酒を断ると、さっさと土間に下り、暖簾をはね上げて大道に出た。

三人は大道から脇道に折れ、枝分かれした路地に入った。町の辰巳《たつみ》（東南）の隅っこ辺りだ。剛十郎は奥まったところに建つ、間口一間半しかない家に歩み寄り、戸を開けた。

「俺だ。客がある」

奥から女が出て来た。年は二十二、三くらいで、蠟燭の灯に浮かんだ容姿は、まずまずだ。遊女上がりだろう、と嵐丸は見当を付けた。

「俺の女だ」

聞く前に、剛十郎の方から言った。家は思ったより奥行きがあり、剛十郎が嵐丸と麻耶を手前の部屋に座らせると、女は心得たように酒を出してから、奥に引っ込んだ。

「今はこんな暮らしだ。貯めた金で何とかやってるが、新しい雇い主を探してる」

欠けた椀に酒を注ぎながら、剛十郎は言った。

「宗順はお前の代わりを雇ったんだな。一乗谷の一件で見かけた、あの牢人どもか」

嵐丸が聞いた。剛十郎は苦々し気な顔で、そうだと答えた。

「四人とも、雇ったのか」

「ああ。だから俺はもう要らん、ってことだ。大事なものを運ぶ時だけ呼ばれてたんだが、それでも結構いい金になった。これからは奴らに任す、とさ。塩津のことが響いたようだ」

だから半ばはお前たちのせいだ、と剛十郎は嵐丸を恨めしそうに睨んだ。

「しかしあいつら、金木屋では俺たちが忍び込むのを止められなかったんだぞ」

どっちもどっちじゃないか、と嵐丸は言ったが、剛十郎は嫌な顔をした。

「金木屋では、何も盗られなかった。塩津では、囮の贋物だったが、俺が全く気付かないうちに盗られた。その違いだ」

釈然としない話だが、宗順はそんな見方をしたらしい。

「あの四人、腕は立つのか」

「ああ。刀の腕は確かだ。四人とも、俺よりは上だ」

だがな、と剛十郎は言う。

「人を斬るのと、盗人から荷を守るのとは、同じじゃない。盗人がどう狙って来るか、こっちにどんな隙ができるか、そこを見極めないといかん。お前なら当然、わかるだろ」

「ああ、それはそうだ」

剛十郎の言う通りだ。盗人を防ぐには、その手口に対処するだけの頭と経験が要る。ただ刀を振り回せばいいというものではない。

「あの四人には、そういう頭がない、ということか」

「慣れればいずれは身に付くだろうが、今はない」

だから狙い目、というわけだ。剛十郎はここで、わかったような薄笑いを浮かべた。

「お前たち、それを見越して俺のところへ来たな。宗順の店を狙う気か」

「その通りだ」

嵐丸は、正直に認めた。

「お前さんも、意趣返しがしたいんじゃないか」

「意趣返しだと？」

剛十郎は一瞬、怒ったような目をした。だが、すぐに口元を緩めた。

「したいともさ」

よし、と嵐丸は剛十郎の背中を叩いた。

「いい話、何か摑んでるの？」

麻耶が聞いた。剛十郎が頷く。

「宗順が肩衝にこだわったのは、何故だと思う」

「理由があるのか」

興味を引かれた嵐丸は、先を促した。剛十郎は、少し得意顔になる。

「あいつは、肩衝を一つ、持っている。初花や楢柴には及ばぬとしても、それに次ぐ品と言って良かろう」

「……おいおい、淡雲肩衝の焼き直しみたいな話じゃないか」

「そうだ。奴が淡雲という幻を作り出そうと思い付いた裏には、この肩衝があるんだよ」

「今一つわからんが」

嵐丸が首を傾げると、剛十郎は「だろうな」と笑った。

「奴はその肩衝を売る気は、全くない。惚れ込んで、ずっと持ち続けている。持っていること自体、誰にも話していない。自分一人で楽しんでいる」

「世に一切知られていないお宝、ということか」

「ああ。奴は、淡雲という幻に俗物どもが踊らされるのを見て、本当に良いものを見出し、それを持っているのは自分だけだ、という満足に浸りたかったのさ。少なくとも俺は、そう見てる」

麻耶が呆れたように目を剝いた。

「それだけのために、淡雲を……」

何て心のねじ曲がった奴なの、と麻耶は吐き捨てた。剛十郎も、まったくだと相槌を打った。

「もちろん、金儲けも入ってるがな。だが奴の本音は、そこだと思う」

うーむと嵐丸は唸った。この剛十郎、見た目よりずっと侮り難い男だ。

「そこまで見抜いているお前も、大したもんだな。もしかして宗順には、その洞察の深いところを鬱陶しがられたんじゃないのか」

そんなことは知らんよ、と剛十郎は肩を竦めた。

「その肩衝、名はあるのか。値打ちは幾らぐらいだ」

嵐丸が聞いた。

「世間に知られていない品だから、もちろん名はない。淡雲は三千貫などと言っていたが、こいつはそこまでの値打ちはあるまい。とは言っても、もし売りに出れば一千貫はするだろう」

「どこで手に入れたのかな」

「はっきりわからんが、博多の商人からじゃないかと思う」

「博多って、堺の商売敵じゃないのか」

驚いて嵐丸は言った。そこだよ、と剛十郎は指を立てる。

「その肩衝を手に入れる時、何か裏取引があったのかもしれん。他の会合衆にそれを知られると、厄介だ。宗順が肩衝を表に出さないのは、それも理由の一つなのかもな」

「なんだか、どんどんややこしくなるわねえ」

麻耶がうんざりしたように、溜息をついた。

「いや、俺たちにとっちゃ単純な話さ」

嵐丸は満足したような笑みと共に、言った。

「その肩衝、頂戴しよう。俺たちとしては、本物の淡雲を頂くのと同じだ」

宗順を痛い目に遭わせることができるしな、と嵐丸は付け加えた。一乗谷では、宗順にすっかりしてやられた。虚仮《こけ》にされたようなものだ。借りは返さないといけない。

「嵐丸の言う通りだね」

麻耶は微笑み、剛十郎に尋ねた。

「その肩衝、屋敷のどこにあるか知ってる？　蔵の中かしら」

蔵と言っても、宗順の屋敷に蔵は五つもあった。全部調べるほどの暇はない。だが剛十郎は、心配無用と言った。

「宗順は、手近に置いてるはずさ。度々眺めて、一人で悦に入ってるに違いない。自分の部屋の、違い棚の中だろうと俺は踏んでる」

何か気持ち悪い、と麻耶は顔を顰めた。

「でも、それじゃ宗順が寝てるところへ、入り込まないといけないのね」

ちょっと難しそう、と麻耶は言いかけたが、剛十郎は「おいおい」と手を振った。

「お前たち、塩津で俺を眠らせた薬、もう持ってないのか」


次の日の夜更け、嵐丸と麻耶は忍び装束に身を固め、人通りの絶えた大道を走った。東側に入り、宗順の屋敷の塀に突き当たると、地面を蹴ってその上に乗った。そこから跳躍し、納屋の屋根へ。さらに蔵の屋根を経て、ほんの二呼吸ほどで母屋の屋根に達していた。

嵐丸は屋根から下を覗いた。月明かりで、人影が見える。蔵の前を、用心深く歩いていた。あの牢人の一人に間違いない。剛十郎とは違い、常雇いにして交代で蔵を見張らせているのだろう。生憎だが、今夜そちらには用はない。

嵐丸は、ここだと目を付けたところの瓦を剝がした。玄関口がわかれば、主人の寝ている奥座敷がどの辺かは、概ね見当が付く。

瓦をどけ、下の屋根板も剝がして、天井裏に入り込んだ。すぐに麻耶が続く。梁に沿って進み、天井板をずらして気配を窺う。最初の部屋には、誰もいなかった。が、次の部屋では、微かな寝息が聞こえた。寝ているのは、一人だ。宗順に女房はおらず、外に女を囲っている。なので、奥で一人だけで寝ているとすれば、主人の宗順しかない。

嵐丸は、麻耶の腕に触れた。麻耶はすぐ承知し、懐から道之助に貰っていた薬の残りと、紐を付けた香炉を出した。香炉は新しく用意したものだ。香炉の薬に火を点けると、麻耶はそっと天井からそれを吊るし入れた。

宗順が少し身じろぎしたように感じた後、寝息が深くなった。頃合いだろう。嵐丸と麻耶は、続けて畳に飛び下りた。宗順が気付いた気配は、全くない。

灯具を出して灯し、違い棚に歩み寄って開けた。中に、鍵が掛けられた箱があった。こんなものを開けるのは、朝飯前だ。嵐丸は音も立てずに忽ち箱を開け、中身を取り出した。絹布に包まれた、黄金色の仕覆。その中に、肩衝があった。僅かな光ではわからないが、黒とも紺青とも見える地色に、飴色のような釉が見える。嵐丸は見たものに満足し、仕覆にしまった肩衝を懐に入れ、天井に飛び上がった。

入った手順を逆に辿り、屋敷の外に出た。蔵の前にいた牢人は、何も気付くことはなかった。無論、屋敷の中の誰にも、気取られてはいない。二人は無言で、宿に向かって急いだ。

宿で忍び装束を解き、燭台を灯して肩衝を検めた。飴色の釉が、実にいい味を出している。嵐丸の目にも、間違いのない逸品だとわかった。

「ふうん。これで一千貫かあ」

麻耶は感じ入ったように目を細め、肩衝を眺めている。

「実際に金に換えるなら、一千は無理だろうな」

宗順に一泡吹かせたことの方が大きい、と嵐丸は思っている。

「売り先の当ては、あるの？」

「ああ、あるよ」

織田上総介信長の名が、急に頭に浮かんだ。いや、それは早計だろう。急がなければ、買い手は幾人もあるはずだ。

「だが、朝になったらお前と肩衝が消えてるってのは、なしにしてもらいたいな」

いやだ、疑ってるの、と麻耶は嵐丸を叩く。

「今は京に宿屋を持ってるのよ。逃げ隠れできないでしょ」

そうかな、と嵐丸は内心で問う。こいつが逃げた後、京へ行ってみたら、梅屋はとっくに他の者に売られていた、なんてことも充分あり得る。

「まあとにかく」

嵐丸は手を差し出した。

「眠り薬の残り、処分するから寄越せ」

あら、と麻耶は眉を上げ、懐から薬の包みと香炉を出した。こいつめ、言わなかったらここで使ってたんじゃないのか、と嵐丸は怪しむ目を向ける。麻耶の顔には、無邪気な笑みしか浮かんでいない。


翌朝、旅支度を整えて宿を出た。そのまま北へは向かわず、宗順の屋敷を見に行ってみる。盗みに気付いて、騒ぎになっていないか確かめるためだ。

思った以上の騒動になっていた。屋敷の周りを何人もが走り回り、呼ばれた役人が表門に固まっている。中から、半狂乱になった宗順の叫び声が聞こえた。『あかん……あほな……何をしとったんや……役立たずども……』そんな声が、途切れ途切れに耳に入ってくる。どうやら、あの肩衝への宗順の思い入れは、剛十郎が言っていた通り本物だったらしい。

ふと目を動かすと、道の反対側の先に、剛十郎の姿が見えた。剛十郎も視線に気付いたらしく、こちらに顔を向ける。目が合うと、剛十郎は笑みを浮かべた。よくやったな、とでも言うように。

「剛十郎さんじゃないの」

麻耶が傍らで囁いた。

「あっちも様子を見に来たのね。分け前、あげなくて良かったのかしら」

「奴は意趣返しできれば充分だ、と言ってたからな」

「でも、お金には不自由してそうだけど」

それを聞いて、嵐丸はニヤッと笑った。

「本当にそうかな」

え、と麻耶が眉をひそめる。

「どういう意味？」

「あいつ、宗順のことについては、相当深い所まで知っていた。奴の頭が切れるのは確かだが、それだけじゃない。かなり本気で、宗順のことを探っていたようだ。荷物を守るのに雇われていただけの男が、そこまでするか」

あ、と麻耶は小さく声を出し、剛十郎の方を見た。剛十郎の姿は、いつの間にか消えていた。

「あいつ、女まで養ってるんだぜ。家だってあばら家じゃない。貯めた金があるとは言ってたが、それで賄えるか」

「じゃあ、誰かが後ろに？」

たぶんな、と嵐丸は頷く。

「恐らく、今井宗久だ」

麻耶は剛十郎の消えた方を見たままで、「なるほど」と呟いた。

「わかる気がする」

「淡雲について宗順が企んだことは、剛十郎が探り出して宗久の耳に入れてたんだろう。だとすれば、宗久があそこまで知っていたことに得心がいく」

「宗久様は、宗順が堺にとって好ましくない奴、と思ってるのね」

まあ確かに、いけ好かない奴であるのは間違いないな、と嵐丸は笑った。

「とにかく、俺たちはこれで溜飲が下がった。後のことは、どうでもいい」

そうだね、と麻耶も言った。

「それにしても、どいつもこいつも裏の顔を持ってるなんて。誰も信用なんか、できやしないじゃないの」

麻耶は怒ったように、宗順の屋敷を睨みつけた。嵐丸はその腕を引いて、もう行こうぜ、と促した。

「ま、それが乱世ってことだ。俺たちが言えた義理じゃない」

嵐丸は麻耶の腕を取ったまま、取り敢えず京に戻ろうと、大道を進んで行った。今日のところは、麻耶はその手を振り払おうとはしなかった。

本書は文庫書下ろし作品です。

|著者| 山本巧次　1960年和歌山県生まれ。中央大学法学部卒業。2015年『大江戸科学捜査 八丁堀のおゆう』が第13回「このミステリーがすごい！」大賞隠し玉となりデビュー。同作はシリーズ化され、人気を博している。'18年『阪堺《はんかい》電車177号の追憶』で第6回大阪ほんま本大賞受賞。他の著書に「入舟長屋のおみわ」シリーズ、「定廻り同心 新九郎」シリーズなどがある。本作は『戦国快盗 嵐丸　今川家を狙え』に続くシリーズ第2弾。

戦国快盗《せんごくかいとう》 嵐丸《らんまる》 朝倉家《あさくらけ》をカモれ

山本巧次《やまもとこうじ》

2025年1月15日第1刷発行

発行者――篠木和久
発行所――株式会社　講談社
東京都文京区音羽2-12-21　〒112-8001
電話　出版（03）5395-3510
　　　販売（03）5395-5817
　　　業務（03）5395-3615

Printed in Japan

講談社文庫
定価はカバーに
表示してあります

KODANSHA

デザイン―菊地信義
本文データ制作―講談社デジタル製作
印刷―――株式会社KPSプロダクツ
製本―――株式会社国宝社

ISBN978-4-06-537948-6

講談社文庫刊行の辞

二十一世紀の到来を目睫に望みながら、われわれはいま、人類史上かつて例を見ない巨大な転換期をむかえようとしている。

世界も、日本も、激動の予兆に対する期待とおののきを内に蔵して、未知の時代に歩み入ろうとしている。このときにあたり、創業の人野間清治の「ナショナル・エデュケイター」への志を現代に甦らせようと意図して、われわれはここに古今の文芸作品はいうまでもなく、ひろく人文・社会・自然の諸科学から東西の名著を網羅する、新しい綜合文庫の発刊を決意した。

激動の転換期はまた断絶の時代である。われわれは戦後二十五年間の出版文化のありかたへの深い反省をこめて、この断絶の時代にあえて人間的な持続を求めようとする。いたずらに浮薄な商業主義のあだ花を追い求めることなく、長期にわたって良書に生命をあたえようとつとめるところにしか、今後の出版文化の真の繁栄はあり得ないと信じるからである。

同時にわれわれはこの綜合文庫の刊行を通じて、人文・社会・自然の諸科学が、結局人間の学にほかならないことを立証しようと願っている。かつて知識とは、「汝自身を知る」ことにつきていた。現代社会の瑣末な情報の氾濫のなかから、力強い知識の源泉を掘り起し、技術文明のただなかに、生きた人間の姿を復活させること。それこそわれわれの切なる希求である。

われわれは権威に盲従せず、俗流に媚びることなく、渾然一体となって日本の「草の根」をかたちづくる若く新しい世代の人々に、心をこめてこの新しい綜合文庫をおくり届けたい。それは知識の泉であるとともに感受性のふるさとであり、もっとも有機的に組織され、社会に開かれた万人のための大学をめざしている。大方の支援と協力を衷心より切望してやまない。

一九七一年七月

野間省一

金井美恵子
軽いめまい
解説＝ケイト・ザンブレノ　年譜＝前田晃一
郊外にある築七年の中古マンションに暮らす専業主婦・夏実の日常を瑞々しく、シニカルに描く。二〇二三年に英訳され、英語圏でも話題となった傑作中編小説。
978-4-06-538141-0
かM6

加藤典洋
新旧論　三つの「新しさ」と「古さ」の共存
解説＝瀬尾育生　年譜＝著者、編集部
小林秀雄、梶井基次郎、中原中也はどのような「新しさ」と「古さ」を備えて登場したのか？　昭和の文学者三人の魅力を再認識させられる著者最初期の長篇評論。
978-4-06-537661-4
かP9

三津田信三　忌《い》物《ぶつ》堂《どう》鬼《き》談《だん》
道尾秀介　カラスの親指〈by rule of CROW's thumb〉
道尾秀介　カエルの小指〈a murder of crows〉
道尾秀介　水の柩
深木《みき》章子《あきこ》　鬼畜の家
湊かなえ　リバース
宮内悠介　彼女がエスパーだったころ
宮内悠介　偶然の聖地
宮乃崎桜子《みやのさきさくらこ》　綺《き》羅《ら》の皇女《ひめみこ》(1)
宮乃崎桜子　綺羅の皇女(2)
三國青葉　損料屋見鬼《けんき》控え　1
三國青葉　損料屋見鬼控え　2
三國青葉　損料屋見鬼控え　3
三國青葉　福　猫　屋〈お佐和のねこだすけ〉
三國青葉　福　猫　屋〈お佐和のねこかし〉
三國青葉　福　猫　屋〈お佐和のねこわずらい〉
三國青葉　母上は別式女《べっしきめ》
三國青葉　母上は別式女　2
宮西真冬　誰かが見ている

宮西真冬　首の鎖
宮西真冬　友達未遂
宮西真冬　毎日世界が生きづらい
南　杏子　希望のステージ
嶺里俊介　だいたい本当の奇妙な話
嶺里俊介　ちょっと奇妙な怖い話
溝口　敦　喰うか喰われるか〈私の山口組体験〉
三谷幸喜・松野大介　三谷幸喜　創作を語る
村上　龍　愛と幻想のファシズム(上)(下)
村上　龍　村上龍料理小説集
村上　龍　新装版 限りなく透明に近いブルー
村上　龍　新装版 コインロッカー・ベイビーズ
村上　龍　歌うクジラ(上)(下)
向田邦子　新装版 眠る盃
向田邦子　新装版 夜中の薔薇
村上春樹　風の歌を聴け
村上春樹　1973年のピンボール
村上春樹　羊をめぐる冒険(上)(下)
村上春樹　カンガルー日和

村上春樹　回転木馬のデッド・ヒート
村上春樹　ノルウェイの森(上)(下)
村上春樹　ダンス・ダンス・ダンス(上)(下)
村上春樹　遠い太鼓
村上春樹　国境の南、太陽の西
村上春樹　やがて哀しき外国語
村上春樹　アンダーグラウンド
村上春樹　スプートニクの恋人
村上春樹　アフターダーク
村上春樹・佐々木マキ絵　羊男のクリスマス
村上春樹・佐々木マキ絵　ふしぎな図書館
村上春樹・糸井重里　夢で会いましょう
村上春樹・文　安西水丸・絵　ふわふわ
U.K.ル=グウィン　村上春樹訳　空飛び猫
U.K.ル=グウィン　村上春樹訳　帰ってきた空飛び猫
U.K.ル=グウィン　村上春樹訳　素晴らしいアレキサンダーと、空飛び猫たち
U.K.ル=グウィン　村上春樹訳　空を駆けるジェーン
T.ファリッシュ著　B.ルート絵　村上春樹訳　ポテト・スープが大好きな猫
村山由佳　天翔る

講談社文庫　目録

森 博嗣　迷宮百年の睡魔〈LABYRINTH IN ARM OF MORPHEUS〉
森 博嗣　赤目姫の潮解〈LADY SCARLET EYES AND HER DELIQUESCENCE〉
森 博嗣　馬鹿と嘘の弓〈Fool Lie Bow〉
森 博嗣　歌の終わりは海〈Song End Sea〉
森 博嗣　まどろみ消去〈MISSING UNDER THE MISTLETOE〉
森 博嗣　地球儀のスライス〈A SLICE OF TERRESTRIAL GLOBE〉
森 博嗣　レタス・フライ〈Lettuce Fry〉
森 博嗣　僕は秋子に借りがある I'm in Debt to Akiko〈森博嗣自選短編集〉
森 博嗣　どちらかが魔女 Which is the Witch?〈森博嗣シリーズ短編集〉
森 博嗣　喜嶋先生の静かな世界〈The Silent World of Dr.Kishima〉
森 博嗣　そして二人だけになった〈Until Death Do Us Part〉
森 博嗣　つぶやきのクリーム〈The cream of the notes〉
森 博嗣　ツンドラモンスーン〈The cream of the notes 4〉
森 博嗣　つぼみ茸《きのこ》ムース〈The cream of the notes 5〉
森 博嗣　つぶさにミルフィーユ〈The cream of the notes 6〉
森 博嗣　月夜のサラサーテ〈The cream of the notes 7〉
森 博嗣　つんつんブラザーズ〈The cream of the notes 8〉
森 博嗣　ツベルクリンムーチョ〈The cream of the notes 9〉
森 博嗣　追懐のコヨーテ〈The cream of the notes 10〉

森 博嗣　積み木シンドローム〈The cream of the notes 11〉
森 博嗣　妻のオンパレード〈The cream of the notes 12〉
森 博嗣　つむじ風のスープ〈The cream of the notes 13〉
森 博嗣　カクレカラクリ〈An Automaton in Long Sleep〉
森 博嗣　DOG&DOLL
森 博嗣　森には森の風が吹く〈My wind blows in my forest〉
森 博嗣　アンチ整理術〈Anti-Organizing Life〉
萩尾望都　森 博嗣 原作　トーマの心臓〈Lost heart for Thoma〉
諸田玲子　森家の討ち入り
森 達也　すべての戦争は自衛から始まる
本谷有希子　腑抜けども、悲しみの愛を見せろ
本谷有希子　江利子と絶対〈本谷有希子文学大全集〉
本谷有希子　あの子の考えることは変
本谷有希子　嵐のピクニック
本谷有希子　自分を好きになる方法
本谷有希子　異類婚姻譚
本谷有希子　静かに、ねぇ、静かに
茂木健一郎　「赤毛のアン」に学ぶ幸福《しあわせ》になる方法
森 林原人　セックス幸福論〈偏差値78のAV男優が考える〉

桃戸ハル編・著　5分後に意外な結末〈ベスト・セレクション〉
桃戸ハル編・著　5分後に意外な結末〈ベスト・セレクション　黒の巻・白の巻〉
桃戸ハル編・著　5分後に意外な結末〈ベスト・セレクション　心震える赤の巻〉
桃戸ハル編・著　5分後に意外な結末〈ベスト・セレクション　心弾ける橙の巻〉
桃戸ハル編・著　5分後に意外な結末〈ベスト・セレクション　金の巻〉
桃戸ハル編・著　5分後に意外な結末〈ベスト・セレクション　銀の巻〉
森 功　高倉健〈隠し続けた七つの顔と「謎の養女」〉
森 功　地面師〈他人の土地を売り飛ばす闇の詐欺集団〉
望月麻衣　京都船岡山アストロロジー
望月麻衣　京都船岡山アストロロジー2〈星と創作のアンサンブル〉
望月麻衣　京都船岡山アストロロジー3〈恋のハウスと檸檬色の憂鬱〉
望月麻衣　京都船岡山アストロロジー4〈月の心と惑星回帰〉
桃《もも》野雑《ざっ》派《ぱ》　老虎残夢
森沢明夫　本が紡いだ五つの奇跡
山田風太郎　甲賀忍法帖〈山田風太郎忍法帖①〉
山田風太郎　伊賀忍法帖〈山田風太郎忍法帖③〉
山田風太郎　忍法八犬伝〈山田風太郎忍法帖④〉
山田風太郎　風来忍法帖〈山田風太郎忍法帖⑪〉
山田風太郎　新装版 戦中派不戦日記

山本周五郎　戦国物語 信長と家康 〈山本周五郎コレクション〉
山本周五郎　幕末物語 失　蝶　記 〈山本周五郎コレクション〉
山本周五郎　逃亡記 時代ミステリ傑作選 〈山本周五郎コレクション〉
山本周五郎　家族物語 おもかげ抄 〈山本周五郎コレクション〉
山本周五郎　繁《しげ》　あ　ね 〈美しい女たちの物語〉
山本周五郎　雨　あ　が　る 〈映画化作品集〉
柳田理科雄　スター・ウォーズ 空想科学読本
柳田理科雄　MARVEL マーベル空想科学読本
靖子靖史　空《くう》色《しき》カンバス 〈瑠空寺凸凹縁起《でこぼこえんぎ》〉
安本由佳 山本理沙　不機嫌な婚活
山中伸弥 平尾誠二・惠子　友　情 〈平尾誠二と山中伸弥「最後の約束」〉
山手樹一郎　夢介千両みやげ(上)(下) 〈完全版〉
山口仲美　すらすら読める枕草子
山本巧次　戦国快盗 嵐　丸 〈今川家を狙え〉
夜弦雅也　逆　境 〈大正警察 事件記録〉
夢枕　獏　大江戸釣客伝(上)(下)
夢枕　獏　大江戸《おおえど》火龍《かりゅう》改《あらため》
唯川　恵　雨　心　中
行成　薫　ヒーローの選択
行成　薫　バイバイ・バディ
行成　薫　スパイの妻
行成　薫　さよなら日和
柚月裕子　合理的にあり得ない 〈上水流《かみづる》涼子《りょうこ》の解明〉
夕木春央　絞《こう》首《しゅ》商《しょう》會《かい》
夕木春央　サーカスから来た執達吏
夕木春央　方　舟
吉村　昭　私の好きな悪い癖
吉村　昭　吉村昭の平家物語
吉村　昭　暁　の　旅　人
吉村　昭　新装版 白い航跡(上)(下)
吉村　昭　新装版 海も暮れきる
吉村　昭　新装版 間　宮　林　蔵
吉村　昭　新装版 赤　い　人
吉村　昭　新装版 落日の宴(上)(下)
吉村　昭　白　い　遠　景
横尾忠則　言葉を離れる
与那原　恵　わたぶんぶん 〈わたしの「料理沖縄物語」〉
米原万里　ロシアは今日も荒れ模様
横山秀夫　半　落　ち
横山秀夫　出口のない海
吉田修一　日曜日たち
吉本隆明　真　贋
吉本隆明　フランシス子へ
横関　大　再　会
横関　大　グッバイ・ヒーロー
横関　大　チェインギャングは忘れない
横関　大　沈黙のエール
横関　大　ルパンの娘
横関　大　ルパンの帰還
横関　大　ホームズの娘
横関　大　ルパンの星
横関　大　ルパンの絆
横関　大　スマイルメイカー
横関　大　K2 〈池袋署刑事課 神崎・黒木〉
横関　大　帰ってきたK2 〈池袋署刑事課 神崎・黒木〉
横関　大　炎上チャンピオン
横関　大　ピエロがいる街

2024年12月13日現在